# 男人女人不一樣

趙海霞 著

# 自序

有人問我：為什麼要寫這部小說？

我說，因為我希望把一生所見所感，以及那些曾深深觸動我心的人與故事，凝聚成文字，與更多人分享。

這些人，有的是我生命中緊密相連的至親好友，有的則是在某時候偶然相遇的人生過客，如兩條平行線般，永無交集；甚至還有些只是在茫茫人海中，擦肩而過的陌生面孔。然而，無論那些人是誰，他們的模樣、語氣和故事，已深深烙印在我腦海中，揮之不去。因此，寫這部小說對我來說，不僅只是創作和分享，更是一種心靈的洗滌，也是一場情感的釋懷。

小說中的每一個角色，皆取材自現實生活中的人物，雖然人名、時間和地點都已改變，但他們的面容、聲音、習性與舉止，依然鮮活地存在我腦海深處。如同一幅永不褪色的畫作。

事實上，我們每個人的一生都有屬於自己的故事。表面上，大多數人的故事看似平淡無奇，但若能細細品味、用心探究，便會發現潛藏在平凡中的一些不平凡。無論是生活中的喜怒哀樂，還是心底所承載的愛恨情仇，都充滿了細膩動人的情節與真摯感人的情感。

這些真實且珍貴的片段，值得用文字記錄下來，與世人分享。這些片段不僅是個人的故事，也是一種集體的記憶。

創作的過程，就像是拼湊一幅巨大的拼圖，將好幾個不同的人、事、物和故事，經過反覆推敲、分析、合併重組後，創作出一個嶄新而具有獨特風格的有趣或動人的故事。

那些曾與我交談過的親朋友人、或是只有一面之緣的陌生人，他們的眼神、一句話、一個動作，常常會成為故事中靈感的來源。甚至是連他們自己都從未察覺的細微之處，在我心中卻是閃閃發亮的一片故事的拼圖。

這些年來，幸運地結識幾位頗具特質的朋友。他們特殊的性格與豐富的人生閱歷，不僅為我增添了更多創作的素材與靈感，也拓寬了我的思維與視野。

然而，在我們一生中所認識的朋友，並非每一個都能成為知心摯友。由於各自不同的家庭背景，成長環境，以及不同的人生理念與價值觀，人與人之間，有著太多、太大的差異，往往存在著無法跨越的鴻溝。

儘管如此，大家都曾一起走過那個屬於我們自己的相同年代，那些共同經歷的歲月，已化為我們生命中不可磨滅的印記。

在這些故事裡，我們可以隱約看到許多不同朋友的影子，當然也有讀者與作者自己的影子。

這部小說不僅是我個人情感的抒發，也是對人性與生活的深刻觀察。每一個故事就是現實生活的縮影，而故事中的每一位人物，都是一片珍貴的生命拼圖。

凡走過，必留下痕跡。希望在這部中、短篇小說的故事中，大家都能找到屬於自己曾經走過的那份令人懷念的美好回憶；並獲得一份心靈上的共鳴與慰藉。

# 目次

自序——3

1. 養在家裡的小三——11

正當她經過客廳時，無意間瞥見鏡子裡的反射，那一瞬間，猶如晴天霹靂般，頓時，她驚嚇得目瞪口呆，難以置信。若非她親眼目睹丈夫和管家之間的曖昧行為，她絕對不相信，會有這種事發生。她呆立在那，用力咬了一下自己的手背，確定不是在做夢。

2. 男人女人不一樣——31

在大海輕柔的浪聲與徐徐暖風的催化下，他們眼中的深情如星光閃爍，內心的激情如烈焰燃燒。終於，他們再也無法壓抑奔放的激情，緊緊擁抱、熱吻，彷彿要將彼此融入對方的生命。他們忘了時間，忘了星空，也忘了世界，眼中只有彼此，心中只有愛。

3.

**王老先生與春妹——77**

誰也沒想到，王老先生再婚後，像是換了一個人，不僅精神奕奕，連步履都輕快了許多。婚後，他笑口常開，神采飛揚，彷彿找到了失落多年的青春與活力。他這一生最大的遺憾就是沒能有個兒子，如今平白撿了個現成的兒子，王老先生也很疼愛這個孩子，幾乎視如己出。

4.

**金龜婿——89**

婚禮當天，小芬穿著一襲雪白的婚紗，綴滿閃耀珠飾和細緻蕾絲，更映襯得她格外高貴迷人。她站在鏡子前，凝視著自己的美貌，心裡暗自冷笑：「那個拋棄我的男人，現在一定後悔莫及。」即便她身穿著美麗耀眼的婚紗，內心深處依然隱藏著一絲不安和野心。

5.

**相見恨晚——108**

他猶如武俠小說中的英雄人物，不僅擁有堅定的正義感，又有溫柔多情的一面，也很懂女人的心思。許多女人都很喜歡和他聊天，對他說些貼

8.
風中小草——147
她要以小草為師——那看似渺小卑微，卻有著頑強的生命力。無論風吹雨打，踐踏摧殘，它總能夠在夾縫中求生，在逆境裡昂然挺立。她告誡自己，無論面對何種困難與挫折，都不能輕易被擊倒，必須學會像小草般默默承受風霜雪雨，耐心等待機會來臨時，再次昂首向陽。

9.
溫蒂咖啡屋——159
她寧願成為咖啡屋裡的女人，用她的愛心與耐心、溫柔與智慧，為自己創造出一方新的天地。她希望每一位走進咖啡屋的客人，都能感受到一份溫馨美好與安慰。在經營這間咖啡屋的歷練過程中，溫蒂也找到了自己感情的出口與生活的重心。

後記——178

# 1. 養在家裡的小三

連續下了好幾天的雨，雨滴敲打在客廳的大落地窗上，成串透亮的水珠，彷彿是默默無聲的哀怨淚水，瑟瑟風聲也在悲愁低語。天空烏雲密佈，這樣的天氣，讓人不由自主地感到憂愁苦悶、煩躁不安。

站立在落地窗前許久的裘莉萍，此刻，內心也正如同這無情的風雨天，悲涼無奈像是烏雲壓頂般的沉重，讓她幾乎喘不過氣來。裘莉萍深深地吸了一大口氣，覺得那股窒息感仍然無法消散。她簡直不敢相信，自己的命運已不再受幸運之神的眷顧。昔日的榮光已逝，她竟然淪為一般市井小民，每日要操心受累，低聲下氣地看人臉色，仰人鼻息地過日子。她怎能接受這種無法自主、受人指使的日子呢？即使是不能接受，她又能如何呢？

當年，莉萍完全不顧父母的強烈反對，拚命力爭，義無反顧，只為緊緊抓住自己所愛。

丈夫林衛祖是莉萍大學同學的哥哥，其實林衛祖也曾有個要好的女朋友，後來分手。林衛祖的相貌堂堂、一表人才，人也幽默風趣、平易近人，喜歡他的女生也不少。林衛祖的妹妹，非常期盼好友裘莉萍能夠當她的嫂嫂，趁哥哥與女友分手，尚未結交新女友時，在哥哥面前說了很多有關裘莉萍的好話。正是林衛祖妹妹有心撮合，近水樓台先得月，最終有情人終成眷屬。

雖然裘家和林家不是門當戶對，但林家父母也都是高知識份子，算是小康之家，基本上沒有經濟和生活壓力。莉萍當時向父母表明決心，此生非林衛祖不嫁，父母知道莉萍任性的個性，愛女心切，只能勉強接受，答應了這門婚事。

林衛祖確實人品端正，是個奉公守法的好丈夫，待人處事謙虛得體，總是一張微笑的面容，從來未見他對任何人板著面孔或是大聲斥喝。這樣的模範丈夫世上少有。難怪人人都羨慕莉萍，誇讚她命好。她生在富裕家庭，還幸運地嫁了個忠厚老實的丈夫。

婚後，莉萍連生了三個兒子，老四是個女孩，孩子們都很健康、聰明、活潑，三個兒子都和他們的爸爸一樣，循規蹈矩，個個都是品學兼優的好學生，長大後出國留學，陸續都拿到高學位。唯獨家中的小女兒愛薇，從小貪玩，不喜歡讀書，丈夫特別寵愛她，凡事都順著女兒。即使學校成績滿是紅字，丈夫也從不責罵愛薇，反而鼓勵她去做自己喜歡的事情。

高中畢業，愛薇唸一所很差的大學，不到兩年，她毅然決定自動退學，隻身一人去香港影劇圈發展。愛薇自小就是個電影迷，一心想去完成她偉大的明星夢。一個年輕女孩隻身出門闖蕩，多不安全啊！裘莉萍雖極力反對，而丈夫林衛祖卻持相反意見，他認為時代不同了，也應該給女兒更多的自由和空間，讓她去做自己喜歡做的事，追尋她的夢想。

也許是這一輩子都循規蹈矩的林衛祖，內心深處也有追求自由的憧憬和嚮往吧！

愛薇一直都有自己的一套人生大道理，自以為是的歪理更是一大堆。讀書時她常念：「春天不是讀書天，夏日炎炎正好眠。過得秋來冬又到，收拾書包好過年。」一向是我行我素的愛薇認為，人活著就是要盡情玩耍和享受，做自己愛做的事。

有一天，愛薇帶個長髮及腰，瘦高個子的男性友人安迪回家。莉萍一臉不滿，乾脆單刀直入地問安迪：「你為什麼要留這麼長的頭髮？每次洗頭髮時，你不嫌麻煩嗎？」

安迪一點也不在意，笑嘻嘻回答：「我很喜歡我的長髮，而且我的長髮獲得很多人的欣賞和讚美，讓我覺得自己很酷！洗長髮雖麻煩一點，但我認為非常值得。」莉萍聽後頻頻搖頭。

愛薇不滿母親執問安迪的無禮態度，她甚至揚言要和安迪一起結伴去闖天下。

莉萍十分緊張地告誡女兒說：「妳是個年輕女孩，絕對不可以隨便和這男子一起鬼混。」

愛薇哈哈大笑，對母親說：「妳不用擔心！安啦！安迪對女人絲毫沒有興趣，恰巧我對男人也是興趣缺缺。」

莉萍聽到，連連搖頭並用譏諷的口吻說：「你們連大學都沒有畢業，既沒才能，又沒錢財，要拿什麼去闖天下啊？」

愛薇完全不在意，她還嘻皮笑臉地回應道：「我們現在還年輕，年輕就是本錢啊！」

莉萍表情嚴肅，不滿地問：「等妳不再年輕，老的時候怎麼辦呢？」

愛薇竟然大言不慚地說：「反正我們家有錢，等我老的時候，我就可以花你們留給我的遺產了。」

莉萍聽後，差點沒被這個不知天高地厚，又不知長進的女兒給氣昏過去。愛薇怎麼會有這種不切實際的幼稚想法，她簡直是太令莉萍失望寒心。

為了這個叛逆的女兒，她著實費了不少心。有時莉萍十分疑惑，這個女兒到底是不是她生的，她甚至懷疑是醫院把孩子抱錯了，他們怎麼會生下這樣一個離經叛道，頑強不馴的怪胎女兒呢？

有這麼一個怪胎女兒，已經讓莉萍煩透心了，現在家裡突然又添加一個更大的惱人問題。莉萍越想越氣，她這一輩子，何曾受過這樣的窩囊氣。一股無法遏止的氣憤、不甘，如排山倒海般直衝上腦門。她把握在手中剛喝完的咖啡杯，狠狠摔砸在飯廳地上。頃刻間，杯子碎成無數的破片。

她真的不知道，往後的日子要怎麼過下去啊！也許她應該和丈夫離婚，可是彼此都這麼大的年紀，在親戚、朋友面前，是一件多麼丟人現眼的事。若是不離婚，這口惡氣，她又怎麼吞得下去呢？左想不是，右想也不對，弄得莉萍每天心煩氣躁，寢食難安，簡直度日如年。這陣子焦躁不安的心情，讓莉萍瘦了一大圈。若是她的父母親地下有知，一定會非常傷心難過的。想到這裡，莉萍實在無法控制自己壓抑已久、幾近崩潰的情緒，她的眼淚已簌簌的流下，索性放聲嚎啕大哭起來。

年長莉萍三歲的姊姊慧萍，也曾好言勸妹妹說：「妳這一輩子夠好命了，順風順水地過了幾十年，直到這一大把年紀，才讓妳遇到丟人煩心的事。妳只好想開一點，就當衛祖死了吧！否則你們乾脆離婚。」

其實慧萍對自幼嬌縱好強的妹妹，也是有些不滿。姊妹倆小的時候，父母總是偏坦妹妹，說她年紀小，要慧萍讓妹妹，久而久之讓成習慣，莉萍變得持寵而驕，更是得理不饒人。

有一次，她們姊妹倆在家裡追逐打鬧，妹妹不小心，把爸爸最喜歡的瓷器花瓶打破了。莉萍害怕被爸爸責罵，惡人先告狀，說花瓶是姊姊打破的。慧萍覺得自己太委屈，大聲指責莉萍說：「妹妹她在說謊！是她打破花瓶的。」

莉萍急於想耍賴，乾脆大哭大鬧起來，重複地說：「我沒有說謊！我沒有說謊！」

母親見狀為熄事寧人，反安撫莉萍說：「妳不要哭了！我相信妳沒有說謊。」然後母親當著姊妹兩人說：「這次不管是誰的錯，我也不追究了。以後妳們兩人要牢記，不可以在家裡追逐打鬧。」

姊妹倆對母親連連點頭說好。正當母親轉身離去時，莉萍立即對姊姊伸長舌頭做鬼臉。慧萍也不甘示弱地重複對妹妹說：「妳是個騙人精！騙人精！」

如今妹妹的婚姻遇到難處，她心中竟暗暗有點歡喜，妹妹終於也有踢到鐵板的時候。希望妹妹經過這一次的教訓和打擊，能夠有所長進和成熟些。畢竟她倆是親姊妹，當慧萍見到妹妹悲傷難過時，姊妹之情油然而生，她看了也會傷心不忍。任誰遇上這種事都會悲痛難過的。

這讓慧萍想起自己不幸的婚姻。那年她剛大學畢業，在電子公司找到一份文書工作。來公司上班不久，慧萍認識了公司工程部的一位工程師，中等身材、長像一般，文質彬彬、個性含蓄。他們交往才剛滿一年，男方迫不及待地向慧萍求婚，慧萍倒是滿心歡喜的願意。可是父母卻完全不贊同這門婚事，主要是嫌棄男方家境不好，慧萍的父母認為「門不當戶不對」。男方又急於成婚，一定是想要攀高枝，認為此人追求女兒的動機不單純。加上對方是家中長子，下面還有三個弟妹要幫忙扶養。

慧萍在父母堅決反對，以及利誘威逼下，她只好忍痛和男友分手。直到妹妹都結婚生子，慧萍才勉強在父母的撮合安排下，找到一個門當戶對的人家完婚。

婚後五年，慧萍一直未能生育，男方是家中的獨子，慧萍的丈夫竟以此為藉口，明正言順公開在外面另結新歡，為的是找一個傳宗接代的女人。剛開始丈夫整夜不歸，慧萍也會和他大吵大鬧一番，丈夫暫時收斂一下，但沒有過多久，他又故態復萌。

慧萍曾數次到醫院做過所有的檢查，證明她身體健康狀況良好，確實無生育方面的問題。她開始懷疑，很可能是丈夫的身體有問題，造成她多年不孕。

多年來，慧萍催促丈夫去醫院做檢查，他總是不斷找各種理由，拒絕去醫院。就這樣一年拖過一年，拖了五、六年，慧萍不再逼丈夫了。她只有睜隻眼閉隻眼，裝聾作啞，唯有如此，這個家才能相安無事，停止爭吵。而慧萍的丈夫卻依舊我行我素，在外面沾花惹草。

這麼多年來，慧萍心中一直納悶，怎麼未見丈夫抱個屬於自己的孩子回家呢？令她更加確信，丈夫無生育能力的猜測是對的。

他們結婚至今，丈夫根本未曾有離婚的念頭，他打的如意算盤是要享齊人之福，慧萍對這段婚姻已徹底失望，也許是人善被人欺吧！

慧萍一直認為嫁雞隨雞，總是不斷退讓、妥協，原諒丈夫，自始至終她一直都在委曲求全。丈夫卻完全沒有絲毫悔改的意思，他完全不珍惜這個婚姻。最後慧萍被逼得忍無可忍，快刀斬亂麻，狠下心來，主動聘請律師處理她的離婚訴訟。這段婚姻足足拖了八、九年，終於在律師協助下，正式辦妥離婚的手續。

剛離婚時，慧萍很不習慣家裡整日安靜無聲。每天她除了上班，就是回家，像這樣兩點一線式的單調、孤獨、乏味無趣的生活，令她沮喪。她十分後悔，當年她沒有不顧一切，堅決和她的工程師男友在一起。慧萍若有妹妹的堅定果斷、非他不嫁的勇氣，日後就算是他們的婚姻不幸福，至少也能生一個屬於自己的孩子。然而慧萍順從父母媒說之言的婚姻，反而弄到如此不堪的離婚下場。

自己膝下既沒兒又無女，以後注定要孤獨一生。慧萍內心十分悔恨，甚至還有些瞞怨父母，但想想父母何嘗不是為了她好呢？他們為女兒的幸福著想，要找個門當戶對的好婆家，父母有錯嗎？誰又知道，會是如此出人意料的不幸結局。慧萍不怪罪父母，她只能怨自己命中無子女緣。後來她曾聽人說：「夫妻是緣，善緣惡緣，無緣不聚，不是冤家不聚頭。兒女是債，討債還債，無債不來。不是債主不上門。」

現在的年輕人目無尊長，不懂得感恩，更不知孝順父母。等父母年邁，有些子女非但不願奉養，反而處心積慮，還覬覦父母的養老金，正是現今所謂的「啃老族」。耳聞這些後，慧萍的內心釋懷，相較之下，她也不再瞞怨了。

幸好在兩位失婚女友的鼓勵下，慧萍開始學習一個人獨處。她積極報名參加一些未曾學過的才藝，學繪畫，練書法，學跳舞、做瑜伽等，日子過得十分充實。加上認識了一些興趣相同的單身女友，生活開始有了新的面貌和意義。她如同脫胎換骨，過著別人口中羨慕的「單身貴族」生活。

離婚數年後，慧萍的前夫多次打話給她。雖然前夫表明十分後悔離婚，再三允諾一定會改過自新，希望能和慧萍復合。但慧萍走出婚姻的陰影後，她非常喜愛目前的單身生活，完全沒有和前夫復合的意願。她認為他們不適合做夫妻，當朋友會更好。他們相約一起吃飯、喝咖啡聊天。沒想到他們能夠由夫妻關係轉變為朋友關係，在沒有婚姻關係和生活中繁雜瑣事的壓力情況下，雙方反而可以輕鬆溝通，相互包容和理解，享受彼此的關懷和支持。

畢竟曾是多年的夫妻，俗話說：「十年修得同船渡，百年修得共枕眠。」一份真摯的情感還是值得繼續維持和珍惜的。

以前慧萍看到妹妹一家人過著幸福快樂的日子。她還會有一絲的羨慕和嫉妒，尤其羨慕妹妹連生三個兒子，自己卻連一個都生不出來，只能怪她自己的命薄無福。如今，慧萍反覺得一個人生活，同樣也可以過得自在灑脫而愉快。

「好事不出門，壞事傳千里。」妹妹家的醜聞，是紙包不住火的，尤其是這種引人側目的八卦消息。即便莉萍不想家醜外揚，世上沒有不透風的牆，她的家醜早已在親友間，傳得沸沸揚揚。

最喜歡看人笑話的大表姐，由於她自己婚姻不如意，巴不得別人的婚姻比她更糟。

尤其是莉萍在她們幾個表姊妹中，一直就屬莉萍的婚姻最幸福，沒想到被親友譽為乖乖牌的林衛祖，原來他也不是個老實人。

不等人邀請，大表姊早已聞風自動上莉萍家門。她對莉萍說些不痛不癢、虛情假意的安慰話，其實心裡暗白幸災樂禍地竊笑。沒想到令她嫉妒的表妹莉萍，她的模範丈大也會有出軌的一天。

那天，才一進門，大表姊對莉萍高聲嚷嚷道：「這麼忠厚老實的表妹夫，連他都會有二心，我就說嘛！『男人靠得住，母豬會上樹。』這個年頭，男人都是不可靠的，千萬不能相信他們花言巧語，哄人的鬼話。」

接著她又興致勃勃地對莉萍說：「幾年前，妳大表姐夫在你們上海家，曾住過幾天，那時他就告訴我，你們上海請的那位半老徐娘，風韻猶存的管家，看她氣質不凡、談吐文雅，完全不像是個做管家的。」

莉萍一副責怪大表姐的態度問道：「既然妳的消息如此靈通，怎麼沒有在第一時間告訴我實情呢？」

莉萍的大表姐立即解釋說：「妳那花心的大表姐夫，巴不得每個男人都跟他一樣花心。他的話我怎能夠相信呢！再加上表妹夫一向循規蹈矩，從來沒有過不良紀錄，我也不能隨便給他扣上一個罪名吧！」

莉萍十分不滿地說：「平日妳的八掛消息最多，這次該妳八卦，妳反倒默不出聲了。」

大表姐陪著笑臉，忙加解釋：「這件事，只能怪妳大表姊夫。他當時明明知道實情卻沒有告訴我，後來是我苦苦逼問，他才肯說實話。」

以他多年情場老將的經驗，很容易看出一些端倪，表妹夫和管家之間定有非比尋常的親密關係。他還曾告誡表妹夫說：『莉萍可不是好惹的，千萬要小心點，好自為之。』嘆！有時候，他們男人的私密，彼此都會互相幫忙隱瞞的。」

莉萍斜著眼看了看大表姊說：「妳現在才來放馬後砲，已經是太遲了。」

大表姐卻一副洋洋得意的模樣，向莉萍吹噓道：「我還是可以幫妳驅趕狐狸精，我是專治各類狐狸精。我老公的小三、小四，全都是被我三兩下收拾得服服貼貼，從此再也不敢上門。我一定會把妳家那個狐狸精管家趕走，保證讓她落荒而逃，跑得比兔子還快。」

莉萍對滿臉假笑、善於裝腔作勢的大表姊避之唯恐不及，哪還敢招惹她啊！任何八掛消息，只要是經過人表姊加油添醋，由她口裡傳出的話，幾乎精彩得可以寫成劇本了。

如今所有親戚朋友都知道莉萍家的這件醜聞。當然其中幸災樂禍、看好戲的人多，真正關心莉萍的人並不多。只怪她平日待人態度冷漠傲慢，說話也不夠圓滑，經常得罪人。

慧萍曾勸告妹妹：「對人不可太冷漠無情，說話也不要太苛薄。日後，難保不會有事求人的時候。」

莉萍卻嗤之以鼻，一副十分不屑的語氣說：「哼！反正我有錢！這一輩子都不用求人，為什麼要浪費時間和精力去討好別人呢？」

慧萍搖搖頭，嘆口氣說：「人生在世，總是有求人的時候。只怪爸媽從小把妳給寵壞了。我真是希望妳這一輩子，凡事都能順順利利，不用求人。」

「有錢能使鬼推磨，沒錢寸步難行。我們那些喜歡逢迎拍馬、阿諛奉承的勢力親戚，眼裡只有錢，他們一向都是認錢不認人的。放心吧！對付他們不是什麼困難事。」

接著莉萍大大嘆了口氣說：「錢雖並非萬能，但是的確可以解決很多問題，只要能夠用錢解決的事，全都不叫做問題。若是連錢都無法解決，才是真正的大問題啊！」

一輩子都心高氣傲，又會精打細算的莉萍，沒想到幾十年後的今天，竟然也會陰溝裡翻船，搞得自己灰頭土臉，被人嘲諷、奚落，看笑話。當初她若不答應衛祖去大陸拓展事業，這一切都不會發生了。

起初莉萍也不贊成衛祖去大陸投資，她曾問過姊姊的想法，慧萍也是持反對意見。她十分認真謹慎地對妹妹說：「我聽不少人說，男人去大陸工作後，十之八、九都會有小三。」

那時莉萍倒完全不擔心，她認為丈夫定會是那十之一、二有良心、愛家的好男人，更堅信衛祖是坐懷不亂的正人君子。他們結婚幾十年，她太了解自己的丈夫。衛祖對太太一向溫柔體貼，唯命是從。婚後，他是因莉萍家的人脈、背景和財力的支持，才能平步青雲，扶搖直上，在事業上獲有一番成就。

衛祖是個有野心、有遠見，足智多謀且大智若愚的男人，一直希望在事業上能夠鴻圖大展，更上層樓。他深知莉萍心高氣傲、愛慕虛榮，自然懂得利用她的弱點，以軟硬兼施的手段去說服她，答應他暗自謀劃多年的理念和夢想。

過去莉萍和衛祖吵架時，她總以慣性的強硬態度，逼丈夫定要順從她的意願。沒想到這道符咒，現在竟然完全不奏效了。

一日下午，莉萍又是一副盛氣凌人的霸氣態度和口吻對丈夫說：「你必須立刻把上海的管家辭退，否則我們就離婚。」

衛祖據理力爭辯解道：「我雇用管家這麼多年了，她一直都做得很好，我怎麼好意思無緣無故就把她辭退？」

莉萍不以為然地揚聲說：「有什麼不好意思呢？多給她幾個月的遣散費，不就解決了嗎？」

衛祖依然堅持地說：「我每天的工作壓力已經夠大，回到家就不希望有任何的壓力。這幾年來，我已經習慣吃她做的菜，若換了一個人，我會很不習慣的。」

莉萍面色凝重，冷冷地說：「換個新的管家，也許菜做得更好，你很快會習慣的。」

衛祖繼續努力為自己爭取權益道：「平日，我的工作忙碌，哪有時間另找一個新的管家呢？」

莉萍立即自告奮勇說：「你若沒空，我倒是有大把的時間，可以很快幫你找到一個好管家。」

衛祖皺了皺眉頭說：「妳找來的人，也未必會合我的意。」

莉萍面有些不悅地冷笑說：「換個新管家真有這麼困難嗎？還是你根本不捨得換人

吧！」

衛祖有些腦羞成怒地爭辯道：「妳到底在胡說些什麼？我哪有什麼不捨得。」

莉萍則咄咄逼人對丈夫吼道：「好啊！你既然沒有不捨得，那麼就證明給我看，盡快換個新管家。」

夫妻兩人公說公有理、婆說婆有理，爭吵了老半天，還是無法妥協。在過去，這是不可能發生的事情。如今，丈夫的事業越做越好，翅膀長硬了，已可以獨當一面。

這些正是衛祖長年來精心籌劃的，現在終於實現他多年來的願望。從此，他可以不再受妻子氣勢凌人的招喚和指使，重新找回他當一家之主的尊嚴和地位。

衛祖這次在妻面前，出乎她意料的堅決抗爭，毫不妥協的強硬態度，讓莉萍完全無法接受。

突然間，莉萍覺得丈夫好像變成另外一個陌生人似的，氣得她臉紅脖子粗，全身都在顫抖，甚至對丈夫大吼大叫的直跳腳，她已近乎歇斯底里的瘋狂狀態。

莉萍全然無法理解，也不敢相信，這四、五十年的夫妻感情，竟然會被一個才雇用三、四年的管家給挫敗了。這個管家在莉萍的眼裡，只不過是一個姿色平庸的中年婦人，論外貌長相、身材體態，甚至學經歷，莉萍樣樣都遠勝過她，唯獨只有年齡上的差距而已。莉萍心裡很不是滋味，更是不服氣，但是再怎麼吵和鬧，丈夫根本就是不妥協，堅決不肯另外換人。

那次來上海小住時，莉萍因身體微恙，便留在臥房內休息。晚餐時，管家在飯廳伺候丈夫用餐。過了一會兒，她醒來起身，輕手輕腳地由房間走至飯廳。正當她經過客廳時，無意間瞥見鏡子裡的反射，那一瞬間，猶如晴天霹靂般，頓時，她驚嚇得目瞪口呆，難以置信。若非她親眼目睹丈夫和管家之間的曖昧行為，她絕對不相信，會有這種事發生。

她呆立在那，用力咬了一下自己的手背，確定不是在做夢。然後她眼睜睜地看著丈夫極盡奉承巴結的笑容，柔聲細語地對管家說著話。兩人毫無顧忌，大膽的親密行為，猶如一把利刃般刺在她的心上，令她感到一陣巨痛、噁心和憤恨。

此時，她早已怒火中燒，幾乎無法控制自己，恨不得立刻衝上前去，狠狠搧管家幾個大耳光。

她雙拳緊握，牙齒咬得咯咯作響。但是為了顧全大局，她強忍著憤怒的情緒，拭去眼角的淚水，深吸了幾口氣，假裝咳嗽幾聲，才緩緩走入飯廳。她雙眼冷冷地瞪著管家，管家立即低頭退下說：「我去廚房吃飯。」

也許是心虛，丈夫堆著一張笑臉，向莉萍表示關懷地柔聲問道：「身體好些了嗎？要不要先喝碗熱雞湯？」

莉萍用鄙視的眼光瞥了丈夫一眼，默不作聲地點了點頭。衛祖殷勤地為妻盛了一碗熱騰騰的雞湯，放在她面前，還好意細心地叮嚀：「雞湯要乘熱喝哦！」

莉萍不願立即撕破臉，或是把話說得太白、太難聽，更何況她並沒有要和丈夫離婚的念頭。她深知，話一出口，駟馬難追，這些話必須硬生生地吞咽下去，尤其在沒有強而有力的直接證據下，她絕對不能說。男人是最愛面子的，同時莉萍也得為丈夫著想，在孩子們面前留住他的面子和尊嚴。所有的傷痛、不滿和委屈，她都只能自己往肚裡吞。

衛祖的成功雖然滿足了莉萍的虛榮心，但是接下來的卻是無盡的懊惱、悔恨和不安的情緒。

此時此刻，她才深深體會到「悔教夫婿覓封侯」的意思。若丈夫沒有來大陸發展事業，自然也就不會有這些懊惱憂心的事情發生了。

莉萍由上海返台後，第一件事就是去找姊姊。每次莉萍不開心，一定會去向姊姊訴苦衷。

這天，不知姊姊是怎麼回事，偏偏是哪壺不開提哪壺。姊姊一本正經地勸莉萍說：「妳看人家美國知名電影明星阿諾，他還曾當過美國加州州長，不也是找上了自己的管家，那管家還為阿諾生了一個已經十多歲的兒子。州長阿諾的老婆精明能幹，而且又有名門望族，甘迺迪的娘家做後台，但女人碰到這種事情，連出身名門望族的老婆，不也是一樣沒輒嗎？最後，阿諾的老婆只能選擇離婚。所以妳若不願離婚，只有自己想開一點吧！」

莉萍並不同意姊姊的看法，她反駁說：「難道我們女人天生就要被丈夫欺負嗎？」她的語氣中充滿憤怒、不甘與無奈。

慧萍則淡淡地回答道：「這個社會對女人本就是不公平的，我們只好祈求下輩子投胎轉世當男人吧！」她的語氣十分淡然，似乎早已接受了這殘酷無情的現實。

莉萍十分痛苦無奈地對姊姊說：「天啊！我這一輩子了，千防萬防，再怎麼防，竟然防不到養在家裡的小三啊！」一邊說著，她眼淚就像斷了線的珍珠般滑落下來。

莉萍這時已亂了方寸，淚眼汪汪地向姊姊埋怨道：「妳說這是個什麼世道啊！我們四、五十年的夫妻感情，難道就如此輕易地被摧毀了嗎？姊姊！請妳告訴我，現在我到底該怎麼做才好呢？」

慧萍立即上前摟住妹妹，柔聲安慰她說：「事已至此，妳也不要再難過了！更不要想太多，只要妳肯慢慢耐心地等待，事緩則圓，人緩則安，也許衛祖會有迷途知返的一天，事情會有圓滿解決的時候。」

慧萍停頓了一下，接著說：「莉萍！也許這是命運的安排，不一定是件壞事。至少經由此事，可以讓妳早點認清衛祖的真面目和事情的真相。」

莉萍點點頭，默默不語。她知道，如今姊姊才是她精神上最大的支柱，也是她唯一最親、最相信的人。

她輕輕將頭貼靠在姊姊的肩上，深深地感受到姊姊所給予的愛與親情的溫暖。

原載民國一一四年元月一日至八日世界日報「小說世界」

# 2. 男人女人不一樣

秋高氣爽的黃昏，夕陽緩緩西下。落日的餘輝灑滿天空，染成一片絢爛如詩的晚霞。

莫雅萱坐在家後院陽臺的木製搖椅上，輕輕搖晃著，目光望向花圃，只見各色花朵爭奇鬥豔，綻放出秋日的絢麗色彩。蝴蝶輕盈飛舞於花叢間，鳥兒在枝頭歌唱，宛如在讚頌這美好的黃昏。

初秋的陽光透過樹葉的縫隙，灑在她的臉龐上，暖洋洋的，讓她感覺到無比的溫馨與舒適。

她輕啜一口高山茶，茶香裊裊，伴著淡淡花香，整個人沉浸在這迷人的景色裡。時間彷彿在此刻靜止，天地間只剩下她與這片秋色。雅萱深吸一口氣，想將這美好的瞬間銘記於心。這一刻，她感到前所未有的一種平靜與滿足，心中滿溢著對生命與大自然的感恩。

那日午後，雅萱一直守在客廳，目不轉睛地盯著電視螢幕，專心觀看台灣的綜藝節目。螢幕上，一位面貌姣好、身姿曼妙、氣質文雅、秀髮披肩的女藝人，正在接受主持人的訪問。她是台灣紅牌女歌手陸文琪。她依然年輕美麗，臉上似乎未曾留下歲月的痕跡，反而更添一份成熟嫵媚的韻味。

雅萱輕撫著胸口，只覺得心跳加速。幾十年前的往事，難道她還不能釋懷？否則，為何心中會有一股莫名的躁動不安？不，不是的！那份曾經撕心裂肺的傷痛，早已埋藏在記憶的深處。但一經觸碰，便如利刃刺心，痛徹肺腑。那是一段不堪回首的往事，也是她年輕時，走過清純歲月的印記，銘刻於靈魂深處，成為一道永遠無法抹去的傷痕。

三十多年前，雅萱患有重度憂鬱症。那時，她無法承受感情背叛的打擊，整日以淚洗面，不吃不喝，精神恍惚，有時甚至崩潰大哭，或喃喃自語、語無倫次，如同囈語。

那段期間，雅萱的母親莫太太被嚇得不知所措，完全不知道女兒是怎麼了，只能寸步不離地守護著她。最終，在母親與家人的呵護、支持下，雅萱快刀斬亂麻，決然離開這個令她傷心欲絕的地方，遠赴美國，開始新的人生。

誰知這一走，便是三十多年。其間人事變遷，滄桑無數，時間如流水般匆匆逝去，沖淡了許多記憶，有些傷痕卻已刻入心底，依舊清晰如昨。

一次，雅萱在《世界日報》上讀到陸文琪罹患憂鬱症的消息，這也印證了友人的傳言。那一刻，她心口隱隱作痛。她曾如大姊般，關心疼愛陸文琪，甚至為了她，甘願將自己深愛的男友讓給她。

那個改變她與陸文琪一生命運的男人——寧浩成，玩世不恭、腳踏兩條船，對她不忠。他的背叛是她一生最大的痛楚。

記得大學時期，他們懷抱著對歌唱的熱情與執著。在民歌盛行的年代，毅然決然地踏上音樂之路。然而命運弄人，原本應該是攜手同行的雅萱，卻因陸文琪的介入，黯然退出了這場複雜的感情紛爭。

當時，一些好友鼓勵雅萱：「妳應該把寧浩成搶回來，他心裡還是很愛妳的。」雅萱卻在心底苦笑：「愛一個人，需要用搶的嗎？即便搶回了人，心已不在，又有何意義？更何況，傷害既已造成，破鏡難圓。」

凡事要求完美、自認為強者的雅萱，怎能與一個比她年輕、柔弱的女孩爭奪？愛情不能強求，搶來的東西，早已失去它原本的意義和價值。所以，她寧願痛苦地選擇退出。

在愛情的戰場上，她曾是個徹底的失敗者。如今，她已能坦然面對過去，反而慶幸自己是一個幸運者。

在雅萱感情受挫、最脆弱無助時，長年定居美國的大哥，果斷決定將妹妹接到陽光普照的南加州休養。當時，大哥的一位要好同學——葉醫生，順理成章成為雅萱的心理醫生。這個比她年長十多歲、事業有成的貼心男人，從此走進她的生命。

雅萱的大哥對這位同學一直讚不絕口：「我這位老同學不但人品好，脾氣也好，誰嫁給他，誰有福氣。」

當然，肥水不落外人田，雅萱的大哥為老同學加油打氣。在妹妹面前更是極力誇讚遊說，對撮合此事的熱心程度，甚至超過了自己的事。

那天下午，天氣溫和晴朗。雅萱約好前往葉大哥的診所回診，卻流連於大哥家附近的海灘。她獨自坐在沙灘上，溫暖的海風吹拂臉龐，曾經熟悉而令人悸動的親密感，而今卻變得如此寒冷、遙遠而陌生。她痴痴地抬頭仰望，海面上空飄浮的朵朵白雲，多麼希望這些白雲能捎去她的思念，帶給那個她所深愛的人。

雅萱情不自禁低聲唱起《寄語白雲》，歌聲低迴悠長，彷彿要將那份深刻的思念寄託於無垠的白雲——

「縱然是往事如雲煙
偶爾你也會想起
那一段卿卿我我日子裡
總有一些值得你回憶
縱然是註定要分離
偏偏想見你一面
明知道海誓山盟已過去
只有默默懷念著你……」

歌聲未盡，淚水已滑落。她用指尖在沙灘上畫出一顆心，隨即又狠狠抹去。然後抓起一把海沙，凝視著沙粒從指縫間滑落，那些逝去的時光，以及她曾珍視的一切，也隨之消逝。淚眼模糊中，她凝望遼闊的大海，心中那股濃烈的思念如潮水般湧起。

「此時此刻，若浩成能出現在我面前，我會毫不猶豫地答應嫁給他。」她默默祈禱奇蹟的出現。

她憶起大三那年暑假。他們一群同學相約到白沙灣，住在一位同學叔叔的海邊別墅，那是她生命中最美好、最難忘的時光。

黃昏時分，雅萱和浩成手牽手，赤足漫步在溫暖細軟的沙灘上。海風吹拂過他們青春洋溢的面頰，也吹進了心坎裡。兩人開心嘻笑著，像孩子般在沙灘上玩堆沙的遊戲。浩成在沙灘上堆了一顆送給她，低聲貼近她耳畔，溫柔地說：「雅萱！我好愛好愛妳！」

她羞紅了臉，推開他說：「聽起來好肉麻啊！」說著，準備伸手打他。浩成一面躲著跑開，一面笑嘻嘻地說：「妳來打我啊！」

雅萱立即起身向前追去，兩人如脫韁的野馬，在沙灘上追逐奔跑。他們的笑聲與海浪聲交織在一起，像一首充滿青春活力的樂曲，在沙灘上迴盪。

天色漸暗，沙灘上的人群逐漸散去。只剩海浪拍打岩邊的聲音，伴隨著戀人的呼吸和心跳。他們肩靠肩，心連心，躺在柔軟的沙灘上，抬頭仰望著滿天的星辰，一起快樂地數著天上的星星：「一、二、三、四、五、六……」數著數著，浩成忽然坐起，向星空喊道：「雅萱！我愛妳！我對妳的愛，就像天上的星星，數也數不完！」

話音未落，他俯身吻住她。在大海輕柔的浪聲與徐徐暖風的催化下，他們眼中的深情如星光閃爍，內心的激情如烈焰燃燒。終於，他們再也無法壓抑奔放的激情，緊緊擁抱、熱吻，彷彿要將彼此融入對方的生命。

他們忘了時間，忘了星空，也忘了世界，眼中只有彼此，心中只有愛。

自那一刻起，他們的心靈，像兩顆互相吸引的星辰，光芒交匯，成為他們生命中不可分割的一部分。

天色已近黃昏，雅萱獨坐沙灘，沉浸於回憶而忘我，也忘了時間。直到冰涼的海水輕拍腳踝，她才驚覺天色已晚，彷彿從時光隧道猛然回到現實。她微微顫抖，感到寒意，於是緩緩起身，準備踏上回家的路。

忽然，沙灘不遠處出現一個熟悉、高大的身影，正急步奔來。跑至她身邊時，那人迅速伸出強而有力的雙臂，緊緊環抱住她。一股暖意瞬間傳遍雅萱的全身，這熟悉而溫暖的擁抱，讓她深感安心與慰藉。

但她知道，來人並非她所思念的浩成。而是另一男子，渾厚低沉的聲音，她清楚地聽到那人急促的心跳與喘息——「謝天謝地！雅萱！我終於找到妳了，我真的好怕會失去妳。」

突然，葉大哥鼓足勇氣，激動地說：「雅萱！請妳嫁給我吧！妳現在最需要人愛護和照顧，我一定會好好照顧妳一輩子。」

一句簡單而真誠的承諾，樸實無華，卻撼動了她的心。

當雅萱正處於最孤獨、最無助的時刻，她彷彿迷失在一片空曠無垠的沙漠，被無邊的寂寞吞噬，找不到方向。她渴望一個堅實的臂膀依靠，一顆如浮萍般漂泊不定的心，迫切需要一個安全穩妥的避風港。

雅萱心中依然充滿疑惑，她低聲緩緩地說：「希望你不是因為憐憫我。」

葉大哥深深凝視著她，眼神真摯：「雅萱！你是我生命中的唯一，我對妳的愛，絕不是憐憫，而是發自內心的深情和珍惜。只要妳肯嫁給我，我這輩子就心滿意足了。」

他真情的告白，讓雅萱感動不已，她眼眶溼潤，輕聲道：「可是，我還是無法忘記……」

他將她摟得更緊，柔聲細語地說：「現在什麼都別說。相信我，時間會慢慢沖淡一切。」

雅萱的心，被他的溫柔體貼融化，低著頭輕聲地說：「我願意。」

「這是真的嗎？妳願意嫁給我？」葉大哥的聲音竟有些哽咽。

她深吸了一口氣，用認真堅決的口吻：「是的，我願意嫁給你。」

「雅萱！謝謝妳！我終於等到妳這一句話。」

她抬頭望著葉大哥，只見他深邃的目光中閃爍著淚光，她的心也為之一顫。此刻，她確信，眼前這個男人，定能讓她無怨無悔地付出、信任與依靠。

果真如雅萱的大哥所說，婚後的她從未受過一點委屈。醫生丈夫對她呵護得無微不至。

偶爾，浩成會出現在雅萱的夢裡。夢醒後，她總感到一絲的失落和空虛。但看到葉大哥為她精心準備的早餐，聽見他溫柔的問候，那股失落便像清晨的薄霧，在初陽的照射下，便悄然散去。

兩年後，雅萱為丈夫生下一個健康可愛的小胖兒子。葉大哥有子萬事足，無比歡喜快慰。雅萱看著懷中柔軟的小生命，心中充滿著愛意。她學習照顧孩子，學習為這個家付出。雖然偶爾還是會想起浩成，但是她知道，她必須忘了浩成，將過去放下。現在的她，擁有屬於自己的家庭與幸福。

雅萱結婚後，葉大哥曾勸她再去攻讀聲樂。雅萱早已下定決心，從此不再唱歌。因為這讓她無法徹底與過去的自己告別。對過去，她有著太多的依戀與不捨。這樣，對她的丈夫葉大哥並不公平。雅萱對葉大哥是由敬而生愛，加上一份感激之情。雅萱的大哥曾勸她：「女人一生最大的幸福，就是嫁給一個真正愛妳、珍惜妳的人。」

自有兒子後，雅萱心滿意足地在家相夫教子。孩子聰明伶俐，活潑好動，家裡充滿了他的童語笑聲、親切的呼喚，以及逗趣滑稽的模樣。這份天真無邪，是身為母親最大的快慰與驕傲，也為這個家增添了無數的歡笑與快樂。現今，兒子已成為雅萱的生活重心與最深的牽掛。在她用心撫養與教導下，兒子漸漸茁壯成長。

時光荏苒，轉眼間，兒子即將展翅高飛，離家求學。雅萱又再次感受到一種失落的痛楚，狠狠刺痛她的心扉。這份傷痛幾乎令她無法承受，整日全身乏力，無法起床。幸虧有醫生丈夫的細心呵護與照料，經過數月的調理休養，才漸漸恢復健康。不知為何？她卻始終提不起勁來，心裡空蕩蕩的，好像缺少了什麼。她整天都像失了魂似的，一副無精打采、無所事事的樣子。兒子不在家的日子，這個家似乎完全改變了。夫妻倆沉默寡言，話題也總是圍繞著兒子打轉。每週六，兒子會打個電話回家問候父母，順便報告學校的情況與學業進度，這是雅萱最期待、最開心的一天。

多年後，兒子也如願以償成為一位心理醫生。雅萱這一生，似乎都是為這兩個男人而活。當兒子醫學院畢業的那一年，她不能再讓自己一直如此消沉下去，終於下定決心，勇敢地踏上那片承載著她青春記憶，久別的故土，回顧那些深藏於心底的往事。

當年，雅萱是帶著一顆破碎傷痛的心逃離台北。如今，她已是一位年近六十、穩健成熟、氣質高雅的婦人。她回到闊別三十多年，年少時生長求學與懷抱夢想的地方，雖然物換星移、人事全非，她內心仍湧起一股無法言喻的複雜情緒與感傷。

當年是因寧浩成的背叛，或許應該說，皆因年少無知所造成的無心傷害。雅萱曾嫉妒、怨恨過陸文琪。若不是她的出現，破壞了雅萱與浩成的美好愛情，她便不會失戀，也不必經歷錐心之痛。更無需面對旁人的異樣眼光與嘲諷。她的自信徹底被摧毀，甚至連自己都無法面對。只能遠走他鄉，逃離這片傷心之地。

這個重大決定，改變了他們三個人的命運。而今，雅萱在美國結婚生子，過著安逸富足、恬淡幸福的生活。她甚至應該感謝陸文琪，是因她的出現，讓雅萱的人生變得更加充實美滿。

時間是無情的，它帶走了仇恨，也悄然帶走了青春。曾經那些撕心裂肺的痛苦，如今想起竟已淡然無痕。再次想起寧浩成，只覺一切皆是過眼雲煙，心中不再會掀起半點波瀾。

陸文琪是個文靜內向，乖巧懂事的女孩，與雅萱那種大大咧咧的性格截然不同。陸文琪自幼父母早逝，與哥哥一起由爺爺和奶奶撫養長大，家境貧寒。她瘦小的身形，蒼白的面容，那雙似乎藏著無盡憂愁的大眼睛，使她顯得楚楚可憐。雖已十五、六歲，卻比實際年齡看起來還要小好幾歲。

年少輕狂的他們，感情奔放，彼此熱愛音樂歌唱，有時親密得如同姊妹。初見陸文琪，是在練歌場地，她常靜靜地站在鐵門外，用仰慕的眼神望著他們那群大學生練歌。

雅萱第一眼見到陸文琪，心中便湧起一絲憐惜。練唱休息時，她像大姊似的問：「妳想不想來參加我們的練唱？」

只見陸文琪興奮地猛點著頭。

「妳可以唱一段歌給我聽嗎？」

她點了點頭，隨即開始唱，歌聲落下後，雅萱滿意地笑了：「妳的音質、音色都很好，很有音樂天賦。」

陸文琪微笑著輕聲說：「謝謝！」

雅萱不顧大家的反對，執意讓陸文琪在練歌時擔任合音，至少可以給她一個磨練的機會。誰也沒想到，這個善意的抉擇，竟改寫了好幾個人的命運。

大學時代的寧浩成，曾是雅萱的最愛。然而，年少的雅萱好強、自負，總認為屬於自己的，終究會得到；爭奪來的東西，最後依舊會失去。若當年她執意不放棄，肯退讓一步，饒恕男友的無心之過，今日的一切將會截然不同。

這些年來，雅萱始終想再見陸文琪，是想向陸文琪炫耀自己幸福美滿的婚姻？還是另有其他原因？到底是什麼樣的心態？連她自己也無法釐清真相。

回台灣後，她從一位歌手老友口中得知，陸文琪為了浩成一直未婚，而寧浩成則歷經兩次失敗的婚姻，至今仍孑然一身。他們遲遲未談及婚事，也成為歌迷及外人熱議的八卦話題。畢竟，他們曾是雅萱最親近的好友，她真心希望有情人終成眷屬。

此時，雅萱心中默默地對自己說：「算了吧……見到她又能說些什麼呢？過去的是非對錯，知道了又有什麼意義？往事如雲煙，過去的就讓它過去吧！」

雅萱記得，文琪最喜歡淡粉色的玫瑰花，特地到花店訂購了一束，並附上一張小卡片——

文琪妹妹：

祝福妳！

一生一世，健康美麗、自由快樂！

雅萱姊姊

她在小卡片上留下自己的手機號碼。不管怎麼說，她所能為文琪做的，只有這些了。

次日傍晚，雅萱準備搭乘晚間九點，由台北直飛洛杉磯的班機，行李已收拾妥當。她輕鬆地坐在飯店房間的長沙發上看電視新聞。

忽然，手機響起，一個陌生的號碼閃爍在螢幕上。她正遲疑是否該接聽，對方卻已先掛斷。

她心想：「大概是打錯電話。」剛準備放下手機，電話鈴又響起，她連忙接通，卻沒有人說話。

「喂？喂？」雅萱連喊了幾聲，終於聽見電話那頭傳來一個微弱沙啞聲音：「雅萱姊姊！」

「天啊！」雅萱心頭猛然一緊，這世上，只有陸文琪會這麼叫她。

「文琪！文琪！是妳嗎？」她又驚又喜地問道。

「雅萱姊姊！我是陸文琪。」對方的聲虛弱無力，彷彿連說話都需要用盡全身的氣力。

「文琪！妳在哪裡？現在好嗎？」

雅萱急忙追問道。

「雅萱姊姊！我不好……我一點都不好……」電話裡隱約傳來低沉的哭泣聲。

雅萱慌了，急切地問：「文琪！到底怎麼了？妳告訴我。」

「雅萱姊姊！我的心好痛……請妳不要恨我，我實在太愛浩成哥了。」

雅萱柔聲地問：「我們可以約個時間見面嗎？」

文琪在電話那端大聲疾呼道：「不可以！不可以！我不要見任何人！」

雅萱用充滿溫柔與關愛的語氣：「好！好！我們就不見面。」

接著電話裡傳來一陣陣傷心的哭泣聲。

雅萱輕聲地用安慰孩子的口吻：

「乖！不要哭！文琪最聽話了，是不是？」

三十多年前，她也是這樣哄著文琪的。

突然，電話那端傳來文琪顫抖的聲音：「外面……有人敲門……」語氣中透著驚嚇與恐懼。她急促地壓低了嗓音：「我必須掛電話，我會再打電話給妳！」沒等雅萱回應，電話聲便戛然而止，只剩下雅萱一臉的茫然。

她嘆了口氣，搖了搖頭，坐在床邊，本想閉目休息一下，但思潮洶湧如決堤的洪流洶湧而來──文琪的語氣、倉促的掛斷、門外未知的敲門聲……每個細節拼湊出一幅令人不寒而慄的驚恐畫面。

這情景不禁讓雅萱想起，那年，一個炎熱的夏夜。她坐在家前院的竹製搖椅上乘涼，微風輕拂，帶來一絲夏夜的清涼，遠處傳來此起彼落的蛙鳴聲，在靜靜的夜色中奏出一曲夏夜的低語。

忽然，她看到陸文琪行色匆匆地走來。月光下，她那瘦弱的身影顯得更加瘦弱單簿。

文琪一見到雅萱，便紅了眼眶，淚水撲簌簌地落下。

雅萱輕聲安慰：「乖！不要哭！文琪最聽話了，是不是？」

「雅萱姊姊！我真的很對不起妳！我的心好痛啊！我實在太愛他了。」

雅萱十分疑惑地問道：「為什麼要說對不起我？」

「妳能原諒我嗎？妳能原諒我嗎？」陸文琪如夢囈般，她重複說著這句話。

雅萱焦急地問：「文琪！到底發生了什麼事？妳告訴我！」

陸文琪用顫抖而微弱的聲音說：「我……我……」

「有什麼話，妳快說啊！」

陸文琪不敢正視雅萱，閉著雙眼說：「我……我懷孕了。」

「什麼？」雅萱大聲驚呼：「妳還未成年，妳才十六歲！」

接著雅萱氣急敗壞地破口大罵道：「是那個混賬東西？竟會做出這種殘害無辜少女的缺德事。」

文琪低著頭，很小聲說：「妳別罵得那麼難聽啊！」

雅萱情急之下，緊緊抓住文琪瘦弱的手臂：「我這樣罵已經夠客氣了，妳還幫著他說話？告訴我！這傢伙到底是誰？」

「雅萱姊姊！我真的不敢說啊！」陸文琪的聲音竟有些顫抖，身體也好像受驚的小動物，縮成了一團。

「妳不用害怕，我們大夥都會保護妳。」雅萱挺起胸脯，霸氣十足地高聲說著。

文琪只是淚眼汪汪地望著她，卻仍舊不說一句話。

「妳別光流淚不說話啊！快說那個男人是誰？」

文琪欲言又止，接著用雙手捂住臉，膽怯地直搖著頭：「我……還是不敢說。」

雅萱心中有幾分莫名的疑惑，不知文琪為什麼會如此吞吞吐吐，害怕告訴她？雅萱暗自思索：「莫非……那個男人和我有關？不會的，我的朋友都是正人君子，不會做出這種下三濫的事。」

她擺出一副大姊頭的架式，果斷地說：「妳儘管說，我一定會幫妳討回公道。橫豎都是一刀，妳就乾脆痛快點，說吧！他到底是誰？」

文琪的頭已低至胸脯，仍然一言不發。

雅萱早已失去耐性，語氣不悅地大聲催促：「快說！他到底是誰？」

文琪在雅萱急迫威逼下，顫抖的聲音：「是……寧大哥！」

「妳給我說清楚，是那個寧大哥？」雅萱已經有幾分生氣地揚聲問道。

文琪鼓足勇氣，拉大嗓門喊道：「是寧浩成大哥！」

「這……這怎麼可能？」雅萱的聲音顫抖，她不敢相信自己耳朵所聽到的。

瞬間，她的腦袋好像被重擊了一下。忽然，眼前一黑，身體一軟，倒了下去。

過了一會，她才緩緩睜開眼睛，身邊一片昏暗，只有陸文琪焦急的聲音在耳邊響起：「雅萱姊姊！妳怎麼了？」

雅萱面色蒼白，眼神空洞地看著陸文琪，聲音沙啞地問道：「妳說的是真的嗎？他……」

陸文琪點了點頭，面有急色地舉起右手說：「我沒有騙妳，我可以對天發誓！這件事千真萬確，是真的！」

雅萱的心如刀割，她用力地拉扯著自己的頭髮，她不相信，寧浩成會做出這種事。「為什麼？為什麼會這樣？」雅萱的聲音充滿了悲傷和憤怒。

雅萱一直都很信任浩成，認為這完全是不可能的事，一百個、一千個、一萬個不可能。然而文琪在自己面前哭得像個淚人似的，她所說的這一切，若不是謊言，那又是什麼呢？此刻，雅萱心中早已是一團胡疑和混亂，她只希望這僅是一場荒唐的鬧劇或誤會。

平日，寧浩成總在雅萱的眼前晃來晃去，惹得她不耐煩：「你不會找點自己的事做嗎？老在我眼前打轉，轉得我頭都暈了。」

寧浩成笑嘻嘻地說：「妳的事就是我的事，有事弟子服其勞。妳儘管吩咐。」

雅萱一副長官命令下屬的口吻：「現在，我命令你，馬上消失！」

「尊命！」他在雅萱的臉上重重地親了一下，然後飛快地溜走。

雖然雅萱嘴裡罵著，心裡卻樂滋滋的。

寧浩成總是笑臉迎人，唯命是從的模樣，這是雅萱能夠接受他的最大原因之一。在與寧浩成交往之前，雅萱曾有過幾段短暫戀情，皆因個性不合而分手。唯有寧浩成，能包容她的心直口快，大而化之的個性。

這一刻，雅萱已無思考與判斷的能力。她彷彿置身在另一個時空裡，身邊的一切事務，似乎都已蕩然無存。她心急如熱鍋上的螞蟻，焦躁不安。她一定要盡快找到寧浩成，當面問個水落石出。

她已顧不了正在哭泣的文琪，把她連推帶拉的，送上一部計程車。在關車門之前，她轉頭對車內的文琪說：「好好待在家，等我的電話。我會給妳一個公道。」

隨後，雅萱馬上招攬了另一部計程車，她心想：「今天，我非找到寧浩成不可。」

雅萱從來沒有這麼迫切想見浩成。事情往往就是這麼奇怪，愈是心急，卻偏偏愈是找不到寧浩成的人影。

她心裡盤算：「難道他知道自己做錯事，有意躲起來了嗎？」

輾轉之下，她來到平日大夥練歌的地方，寧浩成果真在那裡。

他一見到氣沖沖前來的雅萱，立刻意識到：「大事不妙！這下可慘了！躲得了初一，躲不過十五啊！」

浩成只有硬著頭皮，裝出若無其事的樣子，一副笑臉迎人的奉承面容問道：「怎麼這時候來找我？」

雅萱一副興師問罪的態度：「我倒要問你，天這麼晚，你怎會獨自在這裡？」

寧浩成聳聳肩，故作輕鬆的模樣說：「天太熱！出來透透氣。」

雅萱一手叉腰，一手直接指向他的鼻尖，毫不客氣地說：「姓寧的，我看你真是熱昏了頭！」

每次當雅萱生氣時，她就會連名帶姓的叫他，或者大聲直呼姓寧的，那就表明大事不妙了。

此時，寧浩成已深感事態嚴重。他收起慣有的嘻笑態度問道：「雅萱！妳找我有事嗎？」

雅萱一副逼供似的口吻：「你最好給我乖乖地從實招來，不准有半句謊言！」

浩成不敢輕易回話，他的沉默讓氣氛變得更加沉重。

「怎麼？啞口無言了？」雅萱冷冷地盯著他。

浩成有意撇開視線，雙手握成拳，似乎在強壓某種情緒。他的嘴唇微微顫動，低聲道：「對不起！」

「對不起？」雅萱冷笑。眼神鋒利得像刀子。「簡單的這三個字，就算了嗎？」只見她怒不可遏，猛地上前一步，厲聲喝道：「姓寧的！你真是個畜牲！陸文琪才十六歲！」

寧浩成一臉尷尬，無助地辯解道：「我對她沒有感情，那天是我喝醉了，真的不是有意的。我愛的是妳啊！」

雅萱的雙眼瞪得如銅鈴般大，怒聲反駁：「你口口聲說愛我，真是說得比唱得好聽。你若真愛我，就絕不會做出這種對不起我的事。」

浩成苦苦地哀求：「雅萱！我知道錯了！那天，我是被人灌醉的，醉得不省人事，才會犯這種錯，求求妳，原諒我！好嗎？」

雅萱語氣凌厲地說道：「你現在知道錯！又有什麼用？一切都已經太遲了。」

浩成一直低聲下氣地對雅萱說盡好話，又是打躬作揖，賠不是。臉上佈滿了驚恐害怕與焦慮不安。額頭直冒著冷汗，幾乎只差一步就要向雅萱跪地求饒了。

雅萱完全不領情，繃著一張鐵青的長臉。寧浩成早已心慌意亂，不知該怎麼辦才好，在情急之下，他脫口而出：「男人和女人不一樣嘛！那天，我因喝醉了，才犯下了如此嚴重的錯誤。我承認是我的錯，我在此慎重地向妳道歉賠罪，求求妳！請妳一定要原諒我！好嗎？」

寧浩成的話一說出口，非但沒讓雅萱消氣，反而是火上加油。

雅萱漲紅了臉，氣憤地說：「好一個冠冕堂皇的理由。你做錯了事，還給自己找藉口脫罪。」

寧浩成慌忙解釋道：「雅萱！我承認我錯了，我沒有找理由為自己脫罪。是……」

不等寧浩成把話說完，雅萱已經氣得像一頭發瘋的獅子，恨不得一口咬死眼前的這個卑鄙可惡的男人。

她氣急敗壞地對他怒吼：「你竟然還有臉告訴我，『男人和女人不一樣』。背叛就是背叛！你已經沒有任何可以辯解的理由，我這輩子都不會原諒你！不會！絕對不會！」她一副咬牙切齒、痛狠至極的厭惡表情。

雅萱已經從他話中得知真相。那是她最不願相信的事實。短短幾句話，擊垮了她所有的信任和期待。這件事發生的太突然，她毫無心理準備，心如刀割，胸口彷彿被撕裂般疼痛，幾乎窒息。眼中已滿是淚水，雅萱再也無法正眼看寧浩成一眼。她急速轉身，飛奔逃離。

寧浩成早已不知所措，像根木頭般呆立在原地。他懊惱至極，狠狠跺腳，又用力捶打自己的胸口，大罵：「混帳東西！我怎麼會做出這種事？」

寧浩成怎可能去傷害他的至愛——雅萱？他很想立刻追上前去安慰她，但由於心虛、愧疚與害怕而卻步。望著雅萱奔走的背影，淚水已模糊了視線。

他大聲叫喊道：「雅萱！我愛妳！我真的很愛妳！」他多麼希望雅萱能聽到他的呼叫聲音，以及他內心深處的吶喊……

雅萱的心已破碎，對浩成的信任已蕩然無存。她的自尊、自信被徹底摧毀。她耳裡已聽不進任何聲音。以她好強的個性，這件事已毫無一絲挽回的餘地，破鏡無法重圓。這份令她最堅信、最自傲的愛，最後竟成了傷她最深的利刃。

雅萱萬萬沒有想到，在大學三、四年期間，她對浩成的感情如滴水穿石，一點一滴的付出。在不知不覺間，已累積成深厚的情感與依戀。

雅萱一直以為自己足夠堅強、勇敢，卻發現，原來她太高估了自己，竟然無法承受失去對方的痛楚。

當愛情突然逝去，她才驚覺，對方的存在猶如賴以維生的空氣、陽光與水，已是不可或缺的生命養份。

這場突如其來、毫無預警的重大打擊，讓從小被寵愛、心高氣傲、從未經歷愛情挫折的雅萱，剎那間，跌入萬丈深淵。她肝腸寸斷，痛不欲生，為此付出慘痛的代價。

雅萱沉入深思已久，就在這時，電話鈴聲驟然響起。

她立刻接起，耳邊隨即傳來文琪急切的聲音：「雅萱姊！妳願意再見浩成哥一面嗎？」

這突如其來的問話讓雅萱怔住，她一時語塞，只好反問：「妳認為我應該見他嗎？」

一時之間，文琪也答不上話來，緩緩地說：「要看妳自己是否願意見他？」

雅萱語氣平和地問：「他最近好嗎？」

文琪深嘆了口氣，低聲說：「他嗜酒如命，每天不醉不歸。」

雅萱眉頭微蹙：「他怎麼會變成這樣？」

她頓了頓，話鋒一轉：「這些年來，唱紅的那些動人情歌，不都是浩成為妳寫的嗎？我一直以為你們是郎才女貌，天作之合。」

陸文琪聲音忽然激動起來：「雅萱姊！妳錯了！這麼多年，浩成哥一直在為他心中的一個偶像寫歌。」

雅萱十分不解地問道：「浩成心中的偶像？」

文琪深吸一口氣，低聲道：「至今，他依然愛著妳。當年因為我的出現，破壞了你們之間的感情。他直言不諱地告訴我，他恨我！這輩子都不會娶我。」

說到這裡，文琪的聲音已近乎幾乎嘶吼：「在他眼裡，我只是虛有其表，永遠都無法與妳相比。雅萱姊！妳還不明白嗎？浩成哥心中的偶像，就是妳啊！」

雅萱心頭猛然一震，卻強作鎮定地說：「事情怎麼會變成這樣……」

文琪認真堅決地表白：「我愛他！當我第一次見到他，就愛上了他。像飛蛾撲火，明知會受傷，卻義無反顧。無論他如何對我，我根本不在乎，只要能經常見到他，我就心滿意足了。」

雅萱十分感嘆地說：「原來，妳愛浩成如此之深，真是愛到深處無怨尤。」

也許人的一生中，愈是得不到的東西，愈是珍惜吧！

雅萱停頓了一會，淡淡地對文琪說，「我從未想要再見寧浩成，感情無法強求。我們早已注定此生無緣無份。」

陸文琪急切地說：「妳一定要勸他不要再藉酒消愁了。解鈴還需繫鈴人。如今，只有妳才能讓浩成哥改變。」

雅萱不以為然地搖搖頭說：「到了我們這個年紀，誰還能改變誰呢？人都是固執的，別人再怎麼勸說都無用。」

她心想：「當年，浩成用盡各種方法向她道歉，她卻躲在自己封閉的小天地裡，只顧及她個人的自尊與傷痛，全然不顧別人的感受，尤其是多年來一直呵護、深愛著她的浩成。」

「那該怎辦？」文琪激動地問。

雅萱輕嘆：「一切只有順其自然吧！」

兩人沉默許久，然後匆匆互道了一聲「晚安」。

雅萱放下手機後，腦海中浮現許多塵封的片段。

年輕時，誰真正懂得愛情？人們在迷霧中尋答案，往往誤將短暫的心動和激情當作永恆，卻在回望過去時才明白，真正的愛，從來不是表面的熱情與悸動，而是內心深處的信任、相依與安定。

雅萱還記得，那時，連母親也被寧浩成的摯誠懺悔與真情所感動。主動願意為浩成求情，苦口婆心地勸說：「男人年輕時，難免會犯錯，現在浩成已經知道錯了，他也保證以後絕對不會再犯。『浪子回頭金不換。』雅萱！浩成是真心愛妳，他是個有情有義的人，妳再給他一次機會。這次，妳就原諒他吧！」

雅萱在房內，怒吼道：「你們大家都別說了，我不會原諒寧浩成，他是世界上最大的騙子。我永遠都不想再見到他。」

只是因為她好強的個性與虛榮心使然。一向對她唯命是從、逆來順受的浩成，竟讓她在眾人面前丟盡顏面。她要如何嚥下這口怨氣？

所以她義無反顧地選擇遠走他鄉。對她而言，是一種逃避，對寧浩成來說，是一種最殘酷、最痛心的懲罰。

其實雅萱到美國後，很快就後悔了。陌生的環境，冰冷的異國街景，身處繁華的鬧市，她的心卻始終孤獨無依。思念之情如潮水般洶湧而來，讓她度日如年。但是為了面子與自尊，她寧願選擇留在美國，繼續煎熬下去，即便內心充滿悔恨不安，也不願承認自己的逃避行為，是一個錯誤的選擇。

年輕時的雅萱，只能看到事情的枝節，看不到人生的整體。他們原本是情投意合、人人稱羨的一對金童玉女。彼此相處融洽，無需言語，僅一個眼神，便能了然於心。兩人之間的默契無人能比。卻因一個可以被包容、被原諒的污點，而放棄了一生的好姻緣。而寧浩成的背叛，摧毀了雅萱對他的信任和期待。這對女人來說，是最殘酷無情的傷害，也是一道永遠無法癒合的傷口。

雅萱再次回憶起那段黃金歲月，心中已無怨恨。取而代之的是一種懷念和珍惜。在他們的青春年華裡，生命中充滿了愛的悸動，音樂的節拍，還有無數的嬉鬧歡笑。那段純真燦爛的美好時光，那份刻骨銘心的摯愛，這些又怎能讓她忘懷？她多麼希望時光可以倒流，讓她再度回到那段無憂無慮、甜蜜美好的年輕歲月。

也許這些都是人生必經的過程。每個人注定有著不同的緣分。「命中有躲不過；命中無也莫強求。」這一切都是命中注定，與其對抗命運，不如順其自然，坦然接受命運的安排。

雅萱不知沉思了多久。突然，手機鈴聲又響起，她心想可能是文琪，雅萱「喂」了一聲後，只聽到對方是 位成熟男子低沉的嗓音：「雅萱！妳好！我是寧浩成，我鼓足了勇氣才敢打這個電話，請妳千萬不要掛我的電話，好嗎？」

她的心頭猛然一震，這曾經是多麼熟悉難忘的一個名字，而今卻變得十分遙遠而陌生。

雅萱頓時感到有些驚慌錯愕，不知如何是好。她努力讓自己鎮定下來，從容而禮貌地問道：「浩成！幾十年不見，一切可好嗎？」她的雙手竟不由自主地微微顫抖。

浩成沒有正面回答，直接說：「雅萱！我知道明天妳就要搭機返美，所以今天我一定要打這通電話告訴妳，我真的很想再見妳一面。」

他停頓了一會，接著很誠懇地問：「明天中午，我可以請妳吃個便飯嗎？」

雅萱心想：「大家都這個年紀了，大大方方見一面，吃頓飯，也算是人之常情。」

她從容回應：「如果你不介意，就在我住的萊萊大飯店，一樓的西餐廳用餐，好嗎？」

浩成唯恐有變數，立即興奮地說：「當然好！一言為定，我們明天中午十二點見。」

放下電話後，寧浩成立即感到全身血脈賁張，竟然可以聽到自己的心跳聲。此刻，他的思緒萬千，腦海中浮現出與雅萱由初識到相戀的記憶，有甜蜜、有苦澀，就像電影般一幕幕地快速閃過。

他記得雅萱是大學合唱團的指揮，而他是團員之一。兩人雖同齡，卻不同系。她是音樂系的校花。他是中文系裡的一個無名小卒。

雅萱的聰慧及音樂上的才華讓他折服。還有那優美無瑕的柔美歌聲宛如天籟，溫柔且純淨，令他沉醉痴迷。那時他對她的仰慕只能默默地藏在心裡，因為她身邊總圍繞著一些大獻殷勤的學長。

第一次與她正面接觸，是一個颱風天。那日，合唱團缺席了大半，氣得雅萱大聲抱怨：「我們下星期就要演出了！小小一個颱風，全都給嚇得不敢出門。有沒有一點責任心？」

寧浩成趁機附和：「是啊！又不是什麼強烈大颱風，真是太不負責任了。」

雅萱以往很少正眼看他，只記得他姓寧。

「寧同學，你是哪一系的？」

「中文系的。」寧浩成像個服從命令的小兵，向長官回話。

「嗯！我知道你每次都很守時。」

寧浩成馬上又再次趁機表現一下，他笑嘻嘻地對雅萱說：「是啊！我從來不遲到早退。」

「很好！謝謝你的合作！希望我們的團員都能像你一樣守時就好了。既然今天人太少，我們只能改天再練唱。」

寧浩成急忙接話：「我們要改在哪一天？」

雅萱面無表情地冷冷道：「我會再通知大家。」

為了討好雅萱，他立即自告奮勇地說：「這樣好了！下次練唱就由我來通知大家。」

「好的！那就麻煩你了。」

自此之後，他漸漸與雅萱有了更多的互動。

有一次，在大家練歌時，一位紀姓學長，他又遲到了，雅萱不悅地揚聲說：「下次再遲到，你乾脆就自動退出吧！」

也不知紀學長那天吃錯什麼藥，他滿臉不屑地對雅萱大聲吼叫：「妳以為妳是誰？今天，當著妳的面，我正式退出合唱團。」然後，他將手上的歌譜狠狠甩在雅萱面前

整個合唱團四十多人，竟無一人敢吭聲，只有寧浩成站出來，怒道：「男人要有點風度，你要退出，也不應對著女士咆哮發火！」

此話一出，大夥才群起聲討。紀學長見眾怒難犯，狠狠地瞪了寧浩成一眼說：「你

小子，給我記住！」然後憤憤離去。

由於寧浩成挺身而出，為雅萱打抱不平，讓她開始對他有了新的看法與好感。

紀學長卻記恨在心，到處散播對合唱團不利的輿論。其實，他只是吃不到葡萄說葡萄酸，他所要針對的人是雅萱。後來雅萱和幾位團員，不願受紀學長的氣，決定一起退出學校的合唱團。在校外另組一個小型的合唱團。

而寧浩成早有此打算，他是雅萱最忠誠的支持者，也是她最熱烈的追求者。

雅萱和浩成都熱愛音樂，經常相伴左右、相互支持鼓勵，隨著時間的推移，兩人的感情愈來愈密切，幾乎是形影不離。

寧浩成沉浸在回憶中，直到夜幕低垂，窗外已是漆黑一片。他望著熟悉卻又遙不可及的那片閃爍的星空，內心感慨萬千，同樣的夜色、星空，如今早已人事全非。

這一夜，雅萱也是輾轉難眠，她告訴自己不要再去多想，卻又無法阻止那些往事在腦海中縈繞。

次日，兩人約好在萊萊飯店的大廳見面，雅萱見到一個背影，她不敢貿然上前，於是試探性地喚了一聲：「寧浩成？」

那人猛然回頭，在日光與她交會的瞬間，他們幾乎同時認出了彼此。兩人很自然上前給對方一個西式禮貌的擁抱。

浩成像個興奮的大孩子，笑著說：「幾十年後，我們還能再見面，不是在做夢？能讓我多擁抱一下嗎？」

雅萱微笑著輕推開浩成說：「我們先到餐廳坐下，再好好聊聊吧！」

在餐廳坐定，各自點餐後，浩成迫不急待地說：「不怕妳笑話，其實，從知道要和妳見面開始，我就一直很期待。剛剛看到妳，我真的太興奮了，心臟好像要從胸口跳出來一樣。」

雅萱忍不住笑了出來，搖頭道：「你的嘴還是那麼甜，都這把年紀了，還能說出這種肉麻話。」

寧浩成大方地笑說：「我對天發誓！我說的全是真心話！」

雅萱聽了心裡是愉悅的，而臉上只淡淡地一笑。

浩成見雅萱不說話，語氣帶著幾分委屈：「我的嘴再甜，又有何用呢？當年，我曾苦苦哀求妳不要離開，最終，還是留不住妳。」

雅萱心頭一驚，不願陷入感情的糾葛，微微點頭：「我很感激你對我好。但我們都快六十了，感情已不再是人生的重心，該學會超越個人，去愛更多的人。」

浩成卻不願就此打住，眼中閃過一絲渴望，深情凝視著雅萱：「請妳告訴我，人生還有什麼比愛情更刻骨銘心？我的心裡只有妳，這份愛從未改變。」

雅萱輕嘆了口氣，語調平靜淡然：「你的心還年輕，而我的，早已蒼老，再沒有當年的心境。」

浩成的目光愈發炙熱，凝視著她，聲音充滿感性地說：「雅萱！請妳不要迴避，我一直深愛著妳。這次見到妳，我更無法放手。」

雅萱沉默片刻，謹慎地回應：「謝謝你的情誼！若將這份深情，寫進你創作的歌曲裡，會更有意義。」

「雅萱！妳……」他很想再說些什麼，卻又停頓了下來。

浩成默默地看著雅萱，彷彿有千言萬語想要傾訴，一時卻又不知該從何說起。那種壓抑多年的情感，如潮水般湧上心頭，令他幾乎無法自持。最後，他還是按捺不住，輕聲問道：「自從我們分手後，妳真的從來沒有後悔過？一次也沒有？」

這個問題，猶如一塊巨石壓在雅萱的心上，令她幾乎喘不過氣來。她心中一陣騷動不安，但極力克制著情緒，強作鎮定，淡然地回道：「這些都是幾十年前的往事，如今重新再提，已經沒有什麼意義，只會徒增彼此的困擾、感傷與無奈。」

浩成眼裡閃著複雜的光芒，語氣有幾分激動地說：「對我來說，這些事仍然意義重大。」他內心深處，依然無法放下那段珍貴美好的年少時光，那是他生命中最美好難忘的人生經驗。

雅萱盡量保持沉穩地說：「感情的事，剪不斷，理還亂。如同走入一座錯綜複雜的迷宮，四處碰壁，讓人完全找不到出口，更看不到一絲的亮光。」

浩成不願放棄，語氣帶著一絲的懇求和希望：「我們是真心相愛過的戀人，曾經擁有共同的夢想和理想。雅萱！我們這一生，真的沒有希望了嗎？」

雅萱神情嚴肅，目光沉靜地看著浩成，她輕輕搖頭，有些無奈地回答道：「你所謂的希望是什麼？我早已不是你記憶中的那個人。你所追求的，只不過是年輕時的幻影。」雅萱想熄滅浩成這種不切實際的幻想。

浩成依然執著地說：「有些事，不去嘗試，又怎麼知道結果？」

雅萱用否定的口吻：「世上有些事，不能輕易嘗試，更不需要知道結果，因為所有的結果，往往都事與願違。」

浩成失望地搖頭說：「如今的妳變得太實際、太世俗了。而當年的妳，熱情奔放、愛恨分明，哪像現在這般瞻前顧後？」

雅萱帶著自嘲：「人說，年紀愈大，膽子愈小，我已是個膽小怕事之輩，所有的勇氣，年輕時就耗盡了。」

浩成卻不甘示弱，理直氣壯地說：「我本已無膽，如今更是無所畏懼。」

雅萱望著他，緩緩地說：「看來你是逆齡生長，愈活愈年輕。而我卻愈活愈蒼老。當年，你曾對我說過一句話，『男人女人不一樣』。現在，換我來說這話給你聽。」

此話一出，寧浩成立即面色凝重地說：「我當然記得，那是我這輩子最後悔說的一句話。我恨自己當年太懦弱，為何不勇敢大膽地去追求妳，甚至應該和妳死纏爛打到底，那麼日後的結局就會不同了。」

雅萱面對浩成的懊惱，她神色冷靜，語氣果斷地說：「只能說我們有緣無份，如今再見，也算有緣，卻不可能再續前緣。」

浩成眉頭緊鎖，滿臉困惑地說：「雅萱！妳在美國住了幾十年，真的改變太多了。妳現在說的話，完全不像從前的妳。」

「人都會隨著歲月流逝而成長，不論在哪裡生活，人都會改變。只是這些變化，不易被察覺罷了。」雅萱平靜地回應著，心裡卻有些無奈與感傷。

浩成一臉認真，用充滿熱情的眼神說：「對我而言，這世上真正令我動心的人，始終只有妳。這幾十年來，我對妳的愛從未改變。」

雅萱微笑著，用從容不迫的態度說：「讓那些珍貴的回憶封存於心底吧！那份美好是永遠無法抹去的。」

浩成聽後，大失所望，他依然用堅定執著的語氣說：「現在我不知道到底該怎麼做才好，但我一定會為我們的未來努力。」

雅萱語重心長地說：「何不把把你的情感，投注在音樂創作上？我相信你能寫出更多深情動人的經典歌曲，找到新的生命目標，那才是值得你繼續努力，好好活下去的理由。」

浩成卻搖搖頭，不以為然地說：「自古多情空餘恨，人畢竟是血肉之軀。我忘不了我們的過去，正是那些刻骨銘心的回憶，是我活下去的唯一支撐。正因對妳的思念，才能激發出我的創作潛能，寫出那些動人的歌曲，才不致被現實擊潰。」

雅萱語氣平和且理性地說：「人的一生中，難免會有一些無法彌補的遺憾，正因為有遺憾，才更顯得過去的美好彌足珍貴。或許，這樣才是完整的人生。」

浩成不願去聽這種意味著結束的話語。而他的眼神中卻燃燒著對未來的希望，認為自己尚未老去，仍有追求幸福的權利與機會。

他滿懷熱情，毫不猶豫地說：「雅萱！讓我們一起攜手，努力追求人生的第二春吧！絕對不能讓我們的命運，又再次擦肩而過。」

雅萱看著眼前懷抱滿腔希望和熱情的浩成，心中湧起一股說不清的複雜情緒，卻依舊維持著她一貫的從容：「年輕時，我們不已經擁有過最美好的春天嗎？那段美好青春歲月的回憶，將是我此生最溫暖的慰藉，這些足以陪我走完餘生。」

浩成依舊堅持不放棄，語氣更加真摯懇切：「雅萱！我們還是可以一起走下去，不是嗎？只要妳願意給我一點希望和勇氣，我願傾盡所有，努力用下半生，來證明我們的感情不只是過去的美好回憶，而是真實的現在，還有我們共創的未來。」

雅萱輕輕搖著頭，語氣中透著一絲哀愁：「那美好的春天，我們已經回不去了。」

寧浩成能夠寫出許多令人動容的深情歌曲，又何嘗不是因內心始終有一個無法填滿的空缺？他用音符傾訴，用歌聲懺悔，只為撫平心中那一道難以癒合的傷痕。

讓他日夜思念的那個女人，卻因年輕時，他的一個無心之過，親手毀掉了歌壇上一顆耀眼的巨星。那個女人是他一生的最愛，也成為他一生無法擁有的女人。

那年，當浩成得知雅萱在美國結婚的消息，他對她的等待終究落空，已經完全沒有絲毫的希望。他徹底崩潰了，連續幾日借酒消愁，形同一具行屍走肉，眼神空洞，像失去了靈魂的空殼般活著。唯有透過創作，他才能得以傾訴那種痛徹心肺的傷痛與無聲的吶喊，讓自己找到一個活下去的理由。

人的內心深處，總會有一個無法填補的空缺。

寧浩成心中的偶像，並非現實中的雅萱，而是在他那段青春歲月裡，刻印在記憶中的幻影。然而，這幻影陪著他度過無數孤獨、寂寞、悲涼的長夜。

雖然，他明知與雅萱不可能會復合，他卻依然在逃避、欺騙自己，唯有如此，他才能找到活下去的理由和勇氣。為陸文琪寫歌也是一種移情作用，這是他唯一思念雅萱所能做的事。

多年來，他一直無法原諒自己的糊塗，那是酒精造成的禍害，從此以後就讓酒精禍害他到死吧！而他對雅萱的感情，正如「春蠶到死絲方盡，蠟炬成灰淚始乾。」

陸文琪對他的情意，他不是不知道，但是他卻永遠無法接受她。為文琪寫歌是對她的一種憐憫與補償吧！

其實，這些歌都是寫給深藏於他心底的摯愛。

也許在感情上，人就是這麼樣犯賤，百般包容，愛你的人，你不愛。你所愛的人，卻不愛你，竟然還要緊緊糾纏她一生。

浩成知道，再多想也無濟於事，只好藉由酒精來麻木自己——「今朝有酒今朝醉。」人生有許多的事，尤其是男女之間的感情與婚姻，一旦錯過再也無法回頭。

現實與想像之間，有道無形的鴻溝。「相愛容易，相處難。」再濃烈的愛情，終究要落入油鹽柴米醬醋茶的俗事中。現實生活是粗糙、乏味而瑣碎的。再美好的愛情，也會被現實生活磨損，變得黯淡無光。

在飯店初見浩成時，雅萱的心湖盪漾，泛起了一絲漣漪。畢竟，那是她曾熱戀過的男子。往日的甜蜜回憶如潮水般湧上心頭，一幕幕在腦海中播放。然而，歲月無情，再美好的過往也將被時間沖刷，變得模糊。她知道，記憶無法像電腦檔案般一鍵刪除，總會留下一些痕跡，一些無法抹滅的烙印。

這時雅萱的手機響了，浩成可以清楚聽到，手機的另一端，傳來一位年長男子渾厚低沉的聲音，只聽雅萱柔聲回應道：「我正在飯店的樓下用餐。今晚的班機已訂好，一切都已安排妥當，你不用擔心，我這麼大的人，不會弄丟的。」

電話掛斷後，浩成忍不住，輕聲問道：「妳先生的電話？」

雅萱微笑著，點了點頭。

浩成再問道：「他似乎對妳很好，對妳很關心？」

「是的，他對我照顧得無微不至。」

浩成猶豫了一下，終於鼓起勇氣問：「妳愛他嗎？」

雅萱毫不猶豫，誠懇地回答：「我非常敬愛他，更感謝他對我的照顧和體恤，人與人之間的愛有很多種。」

浩成認為雅萱並不愛她的丈夫，他敏銳地覺察到，雅萱的眼中偶爾會閃現一絲哀怨，甚至他可以感覺到，她依然愛著他。

他立即信心十足地對她表白：「我們曾是真心相愛多年的情侶。我相信，妳的心裡還有我。雅萱！這一次我不會輕易再放手，我會一直一直等著你。」

雅萱對這突如其來的告白，不知該如何回應。她選擇用微笑代替言語。

浩成難以掩飾的複雜情緒已寫在臉上。幾次欲言又止，最後，他深吸一口氣，鼓足勇氣，緩緩開口：「雅萱！我心裡有件事，壓在心頭幾十年，若不告訴妳，我這一輩子都不會甘心的。」

雅萱的眉頭微蹙，有些不解地問：「真有這麼嚴重？」

浩成定了定神後說：「妳還記得大學時，那位曾經追求過妳的紀學長嗎？」

雅萱毫不加思索地答道：「當然記得！還要感謝他，我們才有機會組成一個屬於自己的合唱團。」

浩成的臉色頓時陰沉下來，面有不悅地揚聲說：「感謝他？不！就是他，把我們害慘了。」

雅萱臉上顯得十分疑惑：「怎麼會呢？」

浩成的眼中充滿了憤怒，聲音有些顫抖：「雅萱！妳根本不知道，自從我們在校外開始練唱，紀學長在暗中派了一個眼線，來監視我們，那個人就是他最要好同學的妹妹。年輕時，我們太單純、太天真了，被人設了圈套卻完全不知情。」

雅萱滿是不解地追問道：「圈套？什麼圈套？」

浩成的臉色瞬間黯沉，眼中流露出懊惱和痛苦，壓低了聲說：「這事情說來要怪我。那天，我被人故意灌得酩酊大醉，不醒人事。等醒來時，卻發現自己躺在旅館的床上，身邊還躺著一個年輕的女子，她竟然是陸文琪。」

浩成雙拳緊握，深惡痛絕地說：「真的是太卑鄙！太可惡了！他們竟聯手陷害我。

這一輩子，我都不會原諒陸文琪。」

當雅萱聽完，心中大為震驚，彷彿有一重物撞擊至她心靈的深處，但她極力壓抑著情緒，強作鎮定，用緩和、平靜的語氣說：「浩成！我真的不敢相信，會有這種事情發生，的確令人髮指，讓人痛心不已。但這一切都已經過去了。時間無法倒流，覆水難收，我們都無法回到從前。與其讓仇恨吞噬、折磨自己，何不試著原諒文琪？這不僅是放過她，也是在釋放你自己。」

雅萱目光溫和，柔聲細語地輕撫著浩成心中的怒火：「我們曾一起攜手走過那段美好的年輕歲月，何不讓我們的心中留下一份最珍貴、最純美和最溫馨的回憶？」

浩成猛然抬頭，雙眼炙熱而執著，聲音低沉卻滿含深情：「雅萱！無論是天荒地老，妳永遠是我一生的最愛！」

雅萱的嘴角揚起一抹苦澀的微笑，她靜靜地看著他，眼中閃過一絲惋惜與無奈：「浩成！謝謝你！有些感情，終究是回不去了。我希望，你會找到真正屬於你的摯愛與幸福。」

她低頭看了看腕上的手錶，像在提醒自己該離開了。

浩成的心猛然一沉，三十多年的分離，好不容易才有這短短數小時的相聚。他感覺心中彷彿有千言萬語未能說出口。時間卻猶如握在手中的沙，一分一秒無情地自指縫間流逝。他只能萬般不捨地輕聲懇求：「雅萱！我可以……再擁抱妳一下嗎？」

雅萱望著眼前的男子，年輕時，她曾深愛過的人，心頭一震，眼眶不禁微微濕潤。她還記得，當年的浩成，是個熱情奔放、充滿理想的青年，像火一般的熾烈。而今，眼前的他，歲月似乎在他的身上留下痕跡，讓他多了一份沉穩與滄桑。那雙眼睛裡仍閃著熟悉的光芒，只是多添加了幾分無言的哀愁與依戀。此刻，雅萱心中百感交集。她放下矜持，猶如一位慈愛的母親，溫柔大方地張開雙臂去擁抱他，如同撫慰一個歷經風霜、疲憊歸來、滿身傷痕的孩子。

浩成炙熱的雙眼望著雅萱，心中五味雜陳。他多麼希望能留住此刻，將時間凝固於她溫暖的擁抱中，更期盼能夠彌補他們之間所有的遺憾與空白。但他清楚，他們已相隔了三十多年的空白時光，各自走過了風雨滄桑、截然不同的人生。

這個擁抱，讓他深深感受到雅萱身上獨特的溫暖，那份曾經熟悉的溫暖，足以滲入他內心最隱密、孤寂的角落。他心中既感動又不捨。這短暫的溫暖，雖無法填補他多年來心靈上的空虛與寂寞，卻像寒冬裡的一縷暖陽，瞬間驅散了他心底積累已久的陰霾，也悄然點燃了他沉睡已久的鬥志與希望。他突然了悟到過去的一切早已塵封，那些所有錯過的遺憾，終將隨風而去；而未來，才是他應該去期盼、去追尋的方向。他緊緊擁住雅萱，那一刻，他終於明白，自己心中那盞熄滅多年的燈，又重新亮起了——比從前更加明亮與堅定。

# 3. 王老先生與春妹

王老先生，今年已經九十三歲。在他七十二歲的那年，比他年輕兩歲的老伴，因病先離世。

妻在身邊時，王老先生常嫌她整日絮絮叨叨的，如今不再有人叮嚀、囉嗦他了，整個屋子悄然無聲，寂靜得能聽到他自己的心跳。偶爾，只有掛在客廳牆上鬧鐘的滴答聲，以及廚房冰箱引擎發出的單調聲音。屋內的空氣沉重得如壓在胸口的石塊，幾乎令他喘不過氣來。每天的日子總是十分漫長而難熬，王老先生的心更是空蕩蕩的，好像沒了魂似的，只覺得整個身體輕飄飄，似乎沒有了重量，可能隨時都會倒下來。

王老先生飯不思茶不飲，整日哀傷嘆氣，一想到和他由年輕時吃苦受累，辛勞奔波大半輩子，一起共同生活了五十多年的老伴，他就忍不住地淚水簌簌地落下。

他真不知道沒有了老伴，這往後的日子要怎麼煎熬下去啊！他終日只有思念著老伴的好，想著她一生辛勞持家，後悔自己過去急躁的個性，他總是沒好聲好氣地對待老伴，也許正是因為老伴長年無悔的照顧、體貼，她懂他，凡事都依著他，從來不和他計較，他反像個任性的孩子沒了規矩。有時甚至還會撒野無理取鬧，妻都照單全收，沒有任何的怨言。現在想起這些事，都令他後悔不已，無法原諒自己，可是現在知錯又有什麼用呢！一切都已經太遲了，他悔恨當初為什麼不對老伴體貼耐心些，如今老伴她再也不會回到他身邊。從此，他必須要一個人獨自生活下去，這將是多麼的痛苦而沒有意義啊！他竟然有輕生的念頭，不如讓自己早些去追隨老伴。

王老先生已有好幾日不吃不喝，不哭不鬧，一副面無表情的模樣，像是心中早有盤算。女兒見父親的情況有些不對，為了防止父親一時衝動而想不開，她只好暫時搬過來跟父親同住，並細心照顧他。女兒苦口婆心地對父親說：「爸爸！您一定要堅強地勇敢活下去，我會好好照顧您的。」

王老先生的女兒經常帶父親到各處去走動散心，又特地安排，父女一起回山東濟南的老家去走了一趟，女兒想藉此讓父親轉換個新環境，希望他儘快能由傷痛中走出來。

此次山東之行果然見效。回到家後，王老先生確實不再繼續悲傷哭泣了。突然間，王老先生覺得生命似乎有了新的希望，特別是當他回到老家之後，見到小時候一起長大的一位小學同學，她有個姪女叫春妹，一張圓圓胖胖的臉，笑起來眼睛就瞇成了一條縫，臉頰上還印著個小酒窩，她像極了王老先老伴年輕時聰明伶俐的可愛模樣。

有一天，王老先生把女兒叫來家中，說有大事要商議，他一本正經的對女兒說：

「女兒啊！看來我也沒多少日子可活了。」

女兒很著急地對父親說：「爸爸！您千萬別這麼說，您的命可長呢！」

「我孤零零的一個人過日子，怎麼可能會長壽？」

「爸爸！您怎麼會是孤零零的呢？我不是經常都來看您、陪您嗎？」

老人愁眉不展地說：「但是妳又不是能時時刻刻都來陪伴我，我每天的日子還是挺孤單、無聊寂寞的。」

「爸爸！那麼我就乾脆搬過來和您同住吧！」

王老先生急忙阻止說：「不要！不要！」

接著王老先生故意清了清喉嚨說：「不過若是我每天能夠看到一個我所喜歡的人，有她陪伴著我，我一定會活得很開心，說不定還可以活過一百歲呢！」

女兒沒搭腔，以為父親只是在說笑而已。

王老先生有些不自在，他又再一次清了清喉嚨對女兒說：「我說的是實話，妳看春妹這個人怎麼樣？」

女兒很自然地順口說：「好啊！那我們就想辦法把春妹由濟南接過來，雇用她來當您的看護吧！」

王老先生急忙更正說：「春妹不是來當看護的，我要娶她為妻。」

女兒被這突如其來的一句話給嚇住了，她一時難以接受，原來父親對此事是認真的。但她覺得父親做法十分不妥，父親與春妹年歲相差太遠，她完全不同意父親續弦春妹的想法和做法。

女兒十分耐性溫和的口吻對父親說：「爸爸！我並不反對你續弦，只是春妹太年輕了，她比我都還小幾歲啊！」

父親面有不悅地反問女兒道：「你說實話，妳愛爸爸嗎？」

女兒毫不考慮地回答道：「爸爸！我當然是愛您的。」

父親拉長著一張臉，像個任性的大孩子說：「若妳希望我能夠活得快樂、長壽，我真的需要找一個伴，現在我只中意春妹一個人。」

女兒微微皺了皺眉頭說：「爸爸！那您怎麼知道春妹願不願意嫁給您？」

王老先生信心十足地說：「只要春妹點頭，她若肯心甘情願地跟著我過日子，我就把一半的財產都分給她。」

女兒知道父親是認真的，他一旦做了決定就不會輕易改變，她只好勉強地順著父親的心意說：「既然您已經做好了決定，我也會尊重您的選擇。」

女兒不忍見父親每天一副心有所思，默默不語的愁苦模樣，她只好儘快又帶著父親回了一趟濟南老家。這次，王老先生是專程去向春妹提親的。備有一分豐厚的聘禮，是送給春妹家的，並且說定了，若是以後，雙方相處融洽，他會視情況給予春妹更多的優惠。主要還是希望春妹婚後，能夠好好照顧王老先生。當然這種事，一定要雙方你情我願才行。

王老先生是用金錢來換取春妹的年輕歲月。如此的婚姻交易，雙方都能各取所需，王老先生快樂，春妹也樂意，這也未嘗不是一樁好事。

兩、三年前，春妹的先生因意外傷亡過世，留下一個五歲大的兒子，一個寡婦隻身帶個年幼的孩子，他們的生活沒有主要的收入來源，每日僅靠春妹找些臨時工或雜活來維持生計，日子過的十分清苦。有時還得向親朋們借貸過日子。也曾有媒人來勸春妹改嫁。

媒人說：「妳應該找個男人，他可以養活你們這對孤兒寡母。」

而春妹卻一直不肯點頭，寧可自己吃苦受累也不願改嫁。直到王老先生出現，向春妹提親，也許春妹是為了兒子的未來，她若想將來讓兒子出國留學，那簡直是一件萬萬不可能的事。所以春妹心知肚明，自己已不是什麼黃花大閨女，能遇上一位年長心善的老鄉，這對她來說也正是一個十分難得的機會。更何況是為了兒子的未來，她自己做一些犧牲也是值得的。既然春妹也希望帶兒子去美國書，這樣對雙方都是有益的。

誰也沒想到，王老先生再婚後，像是換了一個人，不僅精神奕奕，連步履都輕快了許多。婚後，他笑口常開，神采飛揚，彷彿找到了失落多年的青春與活力。

他這一生最大的遺憾就是沒能有個兒子，如今又平白撿了個現成的兒子，孩子十分乖巧懂事，從來不會吵鬧，他總是安靜的坐在一旁看書或畫圖。王老先生也很疼愛這個孩子，幾乎視如己出。

孩子剛來美時，他還不習慣叫王老先生為爸爸，春妹還責罵兒子不聽話。倒是王老先生耐心地勸春妹說：「妳不要責怪孩子，給孩子些時間，慢慢讓他適應。」

春妹則是抱著一種感恩的心，她總是想盡各種辦法，軟硬兼施，要自己的兒子開口叫王老先生爸爸。

一日晚餐後，王老先生帶著春妹和孩子，在家附近的公園散步。這時，孩子正好看到鄰居的小孩，在公園裡騎自行車，春妹的兒子一直用很羨慕的眼光，看著和他年齡相仿的那個騎車的孩子。

王老先生和藹慈祥地問孩子：「你喜歡騎腳踏車嗎？」

孩子眉開眼笑的直點著他的小腦袋。

「我給你買一部好嗎？」

孩子咧大了嘴笑著說：「好啊！」

只聽春妹大聲嚷嚷道：「不要給他買！不要給他買！」

孩子立即哭喪著一張臉望向媽媽。

春妹大聲對孩子說：「想要買車，你就趕快叫爸爸啊！」

孩子依然緊閉著嘴，不出聲。

王老先生笑咪咪地哄著孩子說：「現在不叫也沒關係，我還是會給你買車的。」

春妹面有不悅地急忙重複說：「不要買！不要買！」

孩子情急之下衝口而出：「爸爸！我要買車！」王老先生終於聽到孩子願意叫他爸

爸，他感動與興奮地立即對孩子說：「好！好！爸爸一定會給你買！」

頃刻間，孩子的臉上綻放出從未有的快樂和滿足的光芒。

春妹見狀，心中暗喜，趕緊打鐵趁熱對兒子說：「你還不趕快謝謝爸爸！」

孩子低下了頭，很小聲說：「謝謝爸爸！」

王老先生心中大喜，笑呵呵地摸著孩子的頭說：「乖兒子！不用謝！」

平日春妹做的一手好麵食，她總是給王老先生做些不同花樣的麵食，包子、饅頭、餃子、餡餅、麵條，春妹樣樣都行。每餐王老先生都吃得眉開眼笑，樂呵呵的，再加上每天耳裡聽的全是親切，充滿鄉情的山東話。王老先生好像瞬間回到了兒時。那時，他娘總是在昏暗的燈下，一邊縫補衣服，一遍輕聲細語地與他話家常，那時的家雖簡陋，卻有最溫暖的燈火與最安心的依靠。

如今，這份久違的溫暖感覺再次湧上心頭，讓他不禁鼻酸，彷彿整個人都沉浸在對娘的深深思念中。

他十分慷慨大方，總會給孩子買新衣服、書籍、畫本和玩具，倒是春妹反有些過意不去地說：「買這麼多的東西給孩子，你會把他給寵壞了。」

王老先生笑嘻嘻地對春妹說：「不會的，讓孩子高興就好，看著你們母子倆都高高興興，我也覺得非常開心。」

王老先生年輕時，不懂得如何疼愛孩子，年紀大了反而對孩子更加疼惜和寵愛。

春妹倒是個容易知足，感恩圖報的人。每天，她總是起早摸黑的，十分勤勞持家，也很用心照顧這位足足大她三十五歲的年老丈夫，只要丈夫身體健康，這自然也會是她日後生活最大的保障。

時間過得真快，一晃眼，春妹來美國也已二十多年了，兒子都已大學畢業了，在外州的一家大公司做工程師。如今兒子已獨立自主，春妹她自己也已年近一甲子。年已九十三歲的王老先生在她細心照顧之下，他依然是耳聰目明，行動自如，走路完全不需人攙扶。直到王老先生九十五歲的那年，有天夜裡，他自己摸黑起床上洗手間時，不慎在浴室跌倒。自王老先生跌倒後，春妹一直不斷的責怪自己沒有把先生照顧好，才讓他夜裡一個人爬起來上洗手間時，跌倒。

在住院期間，春妹更是不辭辛勞，不分晝夜地用心照顧著丈夫，反倒是王老先生躺在醫院的病床上對春妹說：「妳不用每天都來醫院照顧我，妳自己也是六十歲的人，不能太辛苦了。」

春妹一臉的愧疚對老先生說：「對不起！都是我沒有把你照顧好，才讓你跌倒。」

王老先生急忙安慰春妹道：「妳快不要這麼說了，都怪我自己不好，太逞強了，以為自己一個人可以做到。」

幾個星期後，王老先生因年老身體恢復不易，造成心肺衰竭，在睡夢中沒有任何的痛苦，十分安祥地走了。

春妹剛到美國時，王小姐對她並不友善。後來，由於春妹對她的父親細心照顧，並時常親手做些包子、餃子等麵食，送給她，王小姐才慢慢地對春妹的態度有所改觀，知道春妹是真心善待父親的。

這二十多年來，若不是春妹的幫忙，辛勞地照顧王老先生，這份吃苦受累的責任就落在王小姐的身上。因此，她始終對春妹滿懷感激。

同樣的，這些年來，多虧王小姐的鼎力相助，她經常代替年邁的父親參加春妹兒子學校的各項活動，並熱心輔導孩子的課業。王小姐一直未婚，對這個聰明乖巧的弟弟，也是倍加疼愛照顧，有個猶如兒子般的弟弟常伴她左右，帶給她不少歡笑和生活的樂趣，也填補她不少寂寞的時光。春妹的兒子也因有姊姊悉心的輔導課業，他才能順利進入大學，完成學業。王小姐也因父親的這個家，讓她獲得了許多珍貴的親情與家庭的溫暖。

在王老先生喪禮的半年後，有一天，春妹打電話告訴王小姐說：「我想搬回山東濟南的老家住。」

王小姐有幾分驚訝地說：「春妹阿姨！妳的兒子已留在美國工作，妳為什麼還要搬回老家呢？」

「如今老先生走了，我的責任已了，兒子已長大成人，他每天都忙於工作，我住在美國，又不會說英文，實在沒有留在這裡的必要。落葉還是要歸根的。年老時，住在自己生長和熟悉的環境，內心會覺得更加安穩踏實。」

「選擇一個適合自己居住的地方養老，這也是對的。明天，我會去銀行拿一些錢給妳。」

春妹直搖著頭，感激地說：「不用了，老先生生前常給我零用錢，二十多年來，我不捨得花用，都存了下來，已經夠我回老家養老了。」

次日，王小姐拿了一個深紅色的存摺交給春妹說：「這些錢是父親生前委託我，一定要交給妳的，他為妳的老年都做好周全的計畫，這些錢足夠妳回老家過上安穩舒適的晚年。妳可以打開存摺看一看。」

春妹接過王小姐遞給她的存摺，打開存摺，看了上面的數字後，春妹的手微微顫抖著，她感動地眼淚直流。

王小姐握著春妹顫抖的雙手，她一臉的感激之情說：「春妹阿姨！謝謝妳！這二十多年來，無微不至的用心照顧我父親，這筆存款是妳應得的回報。」

春妹熱淚盈眶地對王小姐說：「老先生真是一位心地善良、寬厚仁慈的人，我這一生永遠都不會忘記他的大恩大德。」

春妹深吸一口氣，繼續說道：「這二十年來，也謝謝妳善待我們母子，這分恩情我們真的是此生無以為報。謝謝！謝謝！……」春妹的心中充滿無盡的感激，她重複不斷地對王小姐說謝謝。

王小姐微笑著並緊握住春妹的雙手。她們之間的感情在這一刻變得更加深厚而真摯。兩人默默不語地相互注視著對方，眼神中流露出一些傷感和眷戀，彼此的心中都充滿了依依不捨之情。

# 4. 金龜婿

世上奇怪的事真多，而奇怪的人也不少。金金，就是其中之一。她有一張扁平的如月亮般的大臉，塌陷的鼻樑，一雙瞇成縫的眼睛。微胖的身軀裹在不合宜的衣服裡，平凡中透著幾分古怪。她是個頭腦簡單，四肢不發達的異類。在任何場合，她都顯得有些格格不入。表面上，她總是笑臉迎人，憨厚傻氣，毫無心機。然而，在她那雙偶爾閃爍的眼神中，讓人猜不透她是真憨傻？還是裝傻？

小芬是金金大學最要好的同學，當年是外文系的系花。在金金眼中，她是一個完美無缺的女神。

一位同學好奇地問：「金金，為什麼妳這麼崇拜小芬？她到底有什麼特別吸引妳的地方？」

金金睜大一雙小眼，神秘又誇張地說：「妳不知道啊！小芬不但人長得美、頭腦好、會讀書，心地又善良。她出去約會，還帶著我一起去呢！」

同學忍不住取笑：「金金！那妳豈不成了電燈泡？」

大而化之的金金，卻聽不出同學話中的譏諷。反而自豪地認為她是身負「重任」。每次約會前，小芬再三囑咐金金：「妳要多觀察對方的一些優、缺點，記住他說的每一句重要的話。」

金金似懂非懂地壓低嗓音問：「什麼話是重要的話？」

小芬微微皺了一下眉頭，耐著性子，柔聲地對金金說：「比如，他父親的職業？家裡的經濟狀況？凡與財物、金錢有關的話，都很重要。」

金金用手拍著她扁平的胸脯，興奮地像接到特殊任務般立正敬禮，笑著說：「小事一樁！一切都包在我身上。」

有時，金金像小芬的貼身丫鬟。或是扮演小芬的助理或秘書，偶爾化身為偵探或情報員。凡小芬交代的事，她都盡心盡力，甘之如飴，也為金金平淡的生活增添不少的驚喜和樂趣。

有一次，小芬的約會對象是一位身材高大的帥哥。他們約在一家高檔咖啡廳，小芬舉止優雅，微笑著與對方交談，金金則在一旁假裝看書。實際上，她豎起耳朵，在認真偷聽，將每個重要細節牢牢記住。

等約會結束後，兩人並肩走在路上，金金迫不及待地向小芬匯報：「我記得很清楚！他爸爸是銀行總經理，有棟豪宅，一輛黑色豪華轎車，還養了一隻白色的德國牧羊犬和一隻小黃貓。」

小芬聽了，滿意地點頭，笑著誇讚：「金金！妳真的是越來越聰明能幹。」經小芬這麼一誇讚，她更是樂得笑瞇了眼，連走路都帶著風。

小芬天生麗質，一雙明亮的大眼睛，高挺的鼻樑，白皙的肌膚和苗條修長的身材，天生是當電影明星的料。

當年有不少人追求小芬。她卻一心認定只嫁醫生，夢想成為醫生夫人，日後能過上體面優渥的生活，再也不用像父母那樣，為五斗米折腰，辛勞一生。

小芬的父親是一名普通公務員。有人說，小芬長得和她母親年輕時一個樣。然而，歲月無情，生活的磨難，讓母親的身形日漸佝僂，雙手粗糙，眼角滿佈皺紋。誰會相信？這樣一個蒼老的婦人，也曾經年輕美麗過？

每當小芬看到父母為了生計爭吵，她的心就是一陣的抽痛，暗自誓言：「我絕不能像母親那樣，窮苦一生。」

為了實現夢想，小芬處心積慮，設法認識醫學院的學生。終於，在一次家庭舞會上，她如願以償認識一位名校醫學院的學生。儘管對方的長相平庸、中等身材，站在她身旁顯得有些不搭配。但小芬並不在乎，她看重的是那張醫學院的文憑和未來的光明前景。

兩人交往了近三年，感情融洽，小芬以為這一切都已塵埃落定。突然有一天，男友面色蒼白，表情嚴肅地對她說：「以後我們不能再來往了。」

小芬睜大了眼睛，不解地問：「你說什麼？我一點也聽不懂。為什麼我們不能再來往？」

男友表情尷尬，兩眼下垂，不敢正視小芬，他吞吞吐吐地說：「我家裡幫我找好一門親事，所以……」

小芬聽後，氣得鼓著她那雙水汪汪的大眼睛，一時語塞，卻故意裝出一副不在乎的樣子，用手撥弄著她及肩的秀髮說：「既然你無法為自己做決定，只能聽從家人的安排，我也無話可說。」話雖如此，小芬卻心有不甘，狠狠撂下一句：「你一定會後悔！」說罷，她急速轉身，準備離去。這位準醫生男友，上前緊抓住她的手，帶著幾分不捨地說：「小芬！我也是萬不得已……」

「萬不得已？明明就是你膽小、懦弱、貪財，想攀龍附鳳。」

「小芬！妳聽我解釋。」

「解釋？」小芬用力甩開他的手，滿眼恨意地大聲說：「我不想聽你的解釋。像你這種渣男，跟本不配和我說話。」

說罷，小芬頭也不回，快速向前奔去。淚水卻不爭氣地由臉頰滑落。此刻，她滿懷憤怒、屈辱和心痛。

小芬費盡心思，好不容易結交一位醫學院男友，以為日後可以四平八穩地當上醫生夫人。萬萬沒想到半路殺出個程咬金，男友竟主動提出分手。向來只有她甩別人，哪輪得到別人甩她？這簡直像太陽打西邊出來一樣的不可能。

後來小芬聽說，前男友的家人為他找了一位台南富商的千金，女方家長對這位準醫生女婿十分滿意。不僅願意支付他所有的學雜費與生活費，甚至承諾畢業後資助開設診所。如此優渥的條件，真是百年難得一見的大好機會。男方至少可以省去二、三十年的辛苦奮鬥。天下那有不接受這門親事的傻瓜？

金錢的力量讓人毫無招架之力。小芬再美，再聰明，也抵擋不過現實的殘酷。這場分手，對她而言，是沉重的打擊和極大的侮辱。

小芬怨自己的命不好，投錯了胎，沒找到一個富爸爸。自從得知男友與富家女訂婚後。她憤恨不甘，心想：「我絕不能認輸！」

於是，小芬決定改變計畫，選擇出國留學，為自己開創新的機遇，期盼能找到一個更好的男人，一個能實現她夢想的「金龜婿」。

這個重大的決定，卻苦了小芬的爹娘，他們不得不四處籌錢，向親朋好友東借西湊，加上鄰居幫忙標會集資。金金也主動拿出積蓄，甚至變賣身上的金項鍊和金鐲子。最後，還是金金的母親慷慨解囊，讓小芬順利達成出國留學的心願。

小芬出國讀書一年多，果然如她所願，順利嫁給了一位博士。她曾幻想成為醫生夫人，如今退而求其次，當個博士夫人也不算太差。

婚禮當天，小芬穿著一襲雪白的婚紗，綴滿閃耀珠飾和細緻蕾絲，更映襯得她格外高貴迷人。她站在鏡子前，凝視著自己的美貌，心裡暗自冷笑：「那個拋棄我的男人，現在一定後悔莫及。」

即便她身穿著美麗耀眼的婚紗，內心深處依然隱藏著一絲不安和野心。她告訴自己：「我絕不能輸給任何人，更不能輸給命運。」

小芬是個完美主義者，律已甚嚴，對好友金金也不例外，常挑剔她：「妳實在太不會打扮了，長褲不是過長就是太短，衣服五顏六色亂搭配，像個吉普賽人。還有一頭亂蓬蓬如雞窩般的頭髮。」

金金瞇著一雙小眼，笑嘻嘻地對小芬說：「妳人長得美，穿什麼都好看。我若不在衣服上作怪，根本沒人會看我。每天早上，我會用梳子倒梳頭髮，讓它蓬鬆些，看起來個子會高一點。」

小芬聽後，再仔細打量著金金，覺得是有幾分道理。忍不住哈哈笑說：「原來妳還挺有頭腦的！」

金金聽小芬這麼一誇，樂得笑瞇了眼說：「常和聰明人在一起，耳濡目染，自然也會變聰明。」

小芬聽了這番奉承話，笑得合不攏嘴，故意揶揄：「金金！妳愈來愈厲害，很快就青出於藍了。」

金金傻愣愣地笑著問道：「真的會有這麼一天嗎？」

小芬對金金點了點頭，笑而不語。

在外人眼中，這對一高一矮、一胖一瘦、一美一醜，十分不搭調的兩個人。在大學四年期間，卻是形影不離的好姊妹，攜手度過許多難忘的美好時光。

「女人要找個『金龜婿』，從此不愁吃穿，一生不用為錢發愁。」這是昔日小芬常告誡金金的一句話。

金金若早聽進小芬的勸告，也許她早已嫁給銀樓小開吳國宇，成為不愁吃穿的闊少奶奶，而不是像現在這樣，天天為錢發愁。

一天，金金在電視上，看到青年企業家吳國宇的專訪，不禁感慨萬千：「真奇怪！他怎麼愈來愈有品味，誰會相信？當年那個笨拙的男孩，曾經一封封給我寫情書。」

大學時，同學們常笑說：「你們倆真是天生的一對。一個半斤、一個八兩，簡直是太般配了！」

金金還曾經取笑他：「你的長相實在不怎麼樣，乾脆叫你吳郭魚吧！」吳國宇卻毫不在意，笑著回答：「金金！只要妳高興，叫我什麼都行。反正我身上也不會少一塊肉。」

吳郭魚隨和大方的個性，除了長相差一點，個子矮小之外，倒是個很好相處的人。有一次，金金大剌剌地問他：「我一直想不通，你到底喜歡我哪一點？」吳郭魚抓了抓腦袋，傻笑著回答：「我也不知道！只覺得妳很有趣，和妳在一起很快樂！」

金金也很快樂，總覺得兩人有說不完的話，笑不完的趣事。無論吳國宇說什麼，她都覺得好笑，咯咯咯的笑得前俯後仰。他見金金笑得開心，也愈說愈有勁。有時，金金還會阻止吳國宇說：「別再講了，我的肚子都笑痛了。」

那時的金金並沒有意識到，她已悄悄喜歡上那個憨厚的男孩。如今，吳郭魚鹹魚大翻身，早已不可同日而語。

金金揉了揉她那雙小眼睛，自言自語道：「人不可貌相啊！怪我當年太沒眼光了。一個貨真價實的『金龜婿』竟輕易地被我放走了。」她長長嘆了一口氣，為自己當初的選擇感到後悔。

螢幕上的他，西裝筆挺，舉手投足間透著自信與從容，讓金金不禁自嘲：「現在的他！身價水漲船高，連身高都像拉長了幾寸。莫非有錢人的鞋裡，墊的全是黃金和美鈔？」

金金個子矮，一向愛穿三吋半的高跟鞋。記得有次下雨天，她不慎跌倒，腳踝骨斷裂住院。足足休養一年多，康復後，卻依舊堅持穿高跟鞋。彷彿藉由這幾寸的高度，才能撐起她心中的那份自信與勇氣。

金金二十六歲那年，被醫生診斷患上一種怪病，說她活不了幾年。她當下做了一個重大的決定：「反正活不了多久，乾脆活得瀟灑率性些。首先，去找個自己真正喜歡的帥哥男人結婚，才不枉來這世上走一遭。」

於是，她像個播音員似的，到處託朋友幫她物色對象，還特別強調：「我娘家會為我準備一筆十分豐厚的嫁妝。」

正因為金金的陪嫁不少，最後她果真如願以償，嫁給一位英俊瀟灑的帥哥，他不但個子高，人又幽默風趣，經常會說笑話給金金聽，逗得金金瞇著小眼，咯咯笑個不停。金金滿心歡喜，瞇著眼，一副沉醉在幸福中的模樣說：「現在，我覺得自己是世界上最幸福的女人。」

他們的婚姻就像童話故事中的美好結局。結婚後，金金和帥哥，從此過著幸福快樂的日子。

只可惜好景不長，在現實生活中，太英俊瀟灑的男人往往靠不住。

婚後兩年，金金因心寬體胖，身材比以前更加豐滿，完全不像個病人。帥哥丈夫懷疑金金騙婚，認定她謊稱有病。他心有不甘，覺得自己被欺騙。在婚後的第四年，他連哄帶騙，把金金由娘家帶來的金飾和存款，全部用作創業資金。

第一年，公司營運順利，金金每月可分到豐厚利潤，比銀行利息高出好幾倍，讓她眉開眼笑，以為幸福快樂的日子可以一直持續下去。

後來，公司經營不善，金金沒有利潤可分。從此，再也沒有聽到丈夫的甜言蜜語和爽朗的笑聲。

有一天，金金對整日愁眉苦臉的丈夫說：「好久沒有聽你說笑話了，何不說個笑話，轉換一下家裡沉悶的氣氛。」

丈夫板著臉，鼓著兩隻牛眼吼道：「整天忙公事已經夠煩了，哪還有心情說笑話？」

金金努力往臉上堆出笑容說：「我來說個笑話，讓你開心一下？」

還不等金金張口，丈夫已經很不耐煩地對金金大聲說：「妳不開口，沒有人會當妳是啞巴！最好給我閉嘴！」話才剛說完，他就甩門而出。

自此之後，只要金金一提到「錢」字，丈夫就像是跟錢有仇似的，沒好臉色給她看，反倒像是金金欠他錢似的。她不想再討挨罵，只好乖乖閉嘴。

這位帥哥老公，當初是金金自己愛的，自己選的，如今她是自作自受，怨不了別人。

後來丈夫暗中將公司的錢轉到自己名下，另開設一家新公司。讓金金留在原公司，獨自收拾爛攤子。為了支付舊公司的債務和開銷，她四處籌錢支付欠款，連僅存的值錢首飾都變賣了。如今，她才明白，原來錢是這麼重要啊！可惜醒悟得太遲了。

每日，天未亮，她就匆忙起床，提早趕到公司處理瑣事，為節省開支，連辦公室的男、女廁所都得親自動手清掃。她一邊擦地，一邊苦笑：「早知道會落得如此下場，當年就該聽小芬的話，嫁給那個憨厚靠得住的『金龜婿』。如今悔不當初啊！」

幸好金金的阿母是個精明能幹的女人，她始終弄不明白，自己怎麼會生了個毫無心眼的女兒，讓她總是放心不下。帥哥型的男人，怎麼會看上一個又矮、又沒有姿色的金金？可想而知，他圖的無非是那筆可觀的嫁妝。

因此，金金出嫁時，阿母只給她一半的嫁妝，另外一半則由阿母代為保管，以備女兒將來不時之需。

小芬也特地自美返台參加婚禮，再三叮囑金金：「妳一定要守住娘家給妳的嫁妝，千萬不能輕易借錢給別人，尤其是妳的帥哥丈夫。」

雖然金金一直很信任小芬，也很聽她的話，但她那位英俊瀟灑的老公，口裡說出的話猶如魔咒一般，更讓她心服口服。只是萬萬沒料到，這個男人比「金光黨」還狠毒千百倍。

那年，「金光黨」只不過騙走阿母三十萬元的新台幣。而金金那沒心沒肺的老公，陸續挪用她數千萬元。結果全都是肉包子打狗，有去無回。

金金依稀記得十多年前，一個夏日炎熱的午後，阿母撐著一把淡藍色的小花洋傘，臨出門時還交代她說：「我去銀行存錢，很快就回來。」

金金正目不轉睛地盯著電視，沈浸在愛情連續劇的情節中，心不在焉地應了一聲「好！」繼續看著螢幕裡的愛情浪漫劇。

不知過了多久，阿母回到家，一進門便興奮地嚷著：「快來看啊！我發財了！發財了。」

只見她雙手捧著用舊報紙裹著的東西，開心地大聲笑說：「金金！快來看！這是一大包鈔票啊！」

阿母高興地打開報紙包，接下來卻是一陣驚嚇錯愕，她仔細定睛一看，現鈔竟然全都變成一堆廢紙。她一臉的驚恐慌張，大聲吼叫：「這怎麼可能？我明明親眼看著自己雙手抱著一堆現鈔，怎麼一會的功夫，現鈔全變成了廢紙。」

她用手把報紙裡的一堆廢紙張，重複地翻著，可是怎麼翻也翻不出一張真鈔，只聽阿母聲嘶力竭地哭喊，接著破口大罵道：「沒良心的騙子，害人精的短命『金光黨』，連我老人家的錢都要騙，簡直太沒良心了。你們一定會被打入十八層地獄，不！三十六層地獄！」

阿母不停地哭，不停地罵，連他們的祖宗八代，全加起來罵，還難以消除她心頭的怨氣。接連幾天，阿母還一直繼續狠狠的在罵「金光黨」，她著實哭鬧了好幾天。幸好那時的阿母身體硬朗沒給氣出病來。但是這件事之後，她竟判若兩人，足足有好幾個月，她的臉上沒有一絲笑容。

一日，阿母到廟裡燒香拜拜回來後，臉上竟又恢復了往日燦爛的笑容。原來是廟裡的一位出家人安慰她：「這叫做破財消災啊！妳也因此躲過了一個大災難，『金光黨』幫妳消了業障！」阿母聽後豁然開朗，心生感激，口中直念阿彌陀佛！從此，她再也沒有提「金光黨」的事。

以前阿母也常告誡金金：「錢對女人來說很重要，一個有頭腦的女人，一定要掌握經濟大權。就像妳阿母雖沒讀過多少書，但懂得持家理財，所以這輩子不用看妳阿爸的臉色，更不會受婆家的氣。」

阿母當年帶著豐厚嫁妝出嫁，金金的阿爸是個脾氣溫和、難開金口的老好人，從未對阿母說過一句重話。金金最喜歡阿爸，也喜歡阿母，只是阿母太兇、愛罵人，而且又太愛錢。

記得小時候，阿爸常偷偷塞零用錢給金金。有一次被阿母發現後，怒罵道：「小孩子從小亂花錢，長大會把家產敗光光！」

說完，阿母硬生生把金金手中的錢奪去，氣得她哇哇大哭。但奇怪的是，每當金金的同學來家裡玩，阿母卻格外大方，請大家喝汽水、吃點心，有時還招待大家上館子。

阿母笑嘻嘻地對大家說：「歡迎妳們常來找金金玩。」

金金的同學都很喜歡阿母，覺得她既溫柔、慈祥又大方，自然喜歡常來找金金玩。直到金金長大，阿母才說：「我這麼大方招待妳的同學，妳知道是為什麼嗎？」

金金一臉的茫然，直搖著頭說：「不知道啊！我也正奇怪，阿母這麼小氣，為什麼對我的同學卻特別大方？」

阿母得意地嘿嘿笑說：「這叫做『廣結善緣』。妳的個性像妳阿爸一樣，腦袋笨得簡直和木頭差不多。妳又沒有兄弟姐妹，平日若不替妳多用點心，交些好朋友，將來妳遇到困難時，才會有人肯出手幫妳一把。」

金金這才恍然大悟，不得不佩服阿母的深謀遠慮，對阿母豎起了大拇指說：「阿母！妳真的是料事如神啊！」

金金故意打趣：「阿母！妳應該去擺攤算命，可以賺很多的錢。」

阿母瞪了她一眼：「妳就是喜歡亂說話，我又不缺錢用，去當什麼算命的。」

金金逗趣：「阿母！妳既然那麼愛錢，去算命可以賺更多的錢喔！」

阿母拉長了臉，用食指重重戳了女兒的前額說：「我那麼愛錢，是希望能多存一些錢，留給妳這個沒心眼的傻女兒。」

金金半信半疑的態度問：「真的嗎？為什麼不早點拿來給我花？」

阿母猛搖著頭說：「錢給了妳，一定早早被妳敗光光，等妳老了，要怎麼過日子？」

金金若有所思地點著頭說：「吃不窮，穿不窮，不會理財一輩子窮。」

阿母用一種疑惑的眼光望著她說：「女兒！妳怎麼一下子變聰明了。」

金金撅起厚厚的嘴唇，得意洋洋地說：「這是小芬教我的，她要我牢牢記住這句話。」

「是啊！小芬聰明又有學問，以後妳一定要多向小芬學習，學會自己管錢。現在我只是暫時幫妳保管。」

金金胖嘟嘟的臉上露出滿足的笑容，心想：「真沒想到，阿母連我的老年都已設想好了，我真是傻人有傻福啊！」

自小到大，金金從未見阿母外出工作。每天，她的身上都穿金戴銀，臉上撲著淡淡的脂粉，經常進出銀行，宛如貴婦般神氣十足。有時，她會坐在飯廳的大圓飯桌前，數著一疊疊厚厚的鈔票，一邊數，一邊說：「這些是每月的房租、地租，加上會錢，年底還有銀行利息和股票紅利。」

金金這才恍然大悟：「原來阿母坐在家裡就能賺錢啊！」

平日，金金喜歡看阿母用右手的大拇指熟練地翻數鈔票，滿臉堆著燦爛笑容的模樣，好看極了。偶爾，阿母心情好時，會賞她一些零錢銅板，但百元大鈔，連一張也不肯給她。

無論金金的工作有多忙，每月一定抽空上教堂聽牧師講道，聽唱詩班唱歌，她也曾跟著大家拉大嗓門一起唱詩歌，有時唱到感人之處，她的眼眶濕潤，整個人好像重新充滿能量，準備回到公司繼續打拼。

每當金金安靜坐在教堂裡，那顆七上八下的心，彷彿才能得到安頓撫慰。在這裡，她可以重溫年少時的那段無憂無慮的快樂時光，以及一份難忘的真摯友情。這所溫馨的小教堂，曾有著金金與小芬許多難忘的年少歡樂時光。

小芬當年曾在這裡認識了一些帥哥男友。而金金也是在這所小教堂裡遇見了她的初戀。所以每當她回到這裡。她就有一種難以言喻的親切與溫暖的感覺。

最近小芬回台省親，語重心長地勸金金：「妳不要天天忙得像隻無頭蒼蠅，一心只想著賺錢，錢夠用就好，地上的財富是暫時的，天上的財才是永恆的。我們應該多行善、多佈施，平日多看經書和禱告，努力多積些天上的財。」

金金聽得一頭霧水，張口結舌，半晌說不出話來。她好不容易才明白錢的重要性，小芬卻突然改口說錢不重要了？

金金愈想愈糊塗，滿腦子亂成一團，她口中嘀咕：「小芬是個有智慧的人，我相信她說的話是對的，只怪我天資愚鈍，總是後知後覺，聽不懂她的話。」

小芬的聲音彷彿猶在耳邊：「金金！妳一定要相信我，我的話準沒錯。」

金金的眉頭深鎖，滿臉苦惱：「天啊！這次我到底該不該聽小芬的話？」

每當煩惱時，她習慣性地抓了抓亂蓬蓬的雞窩頭，心裡鬱悶得像堵著一塊大石頭，連呼吸都不順暢。突然，腦中靈光一閃，她用力拍了拍自己厚實的大腿，心中暗喜：「管他什麼天上的財、地上的財。反正小芬說的話一向很準，阿母又料事如神，有這兩位得力的軍師替我撐腰，我還煩惱什麼？」

念頭一轉，金金頓時心生歡喜，忍不住大聲對自己說：「果真是傻人有傻福啊！」她哼唱起小曲，又輕快地轉了個圈，然後伸了伸懶腰，打了個人哈欠，滿臉幸福的笑容，彷彿所有的煩惱都已拋到九霄雲外。

# 5. 相見恨晚

夕陽西下的黃昏，溫暖柔和的陽光正照著整個的新店溪，溪水在夕陽的映照下泛起粼粼金光，宛如一條流動的金色絲綢，映射出一片美麗醉人的光景。

河堤邊，一對年輕情侶相依相偎，專注忘我地相擁親吻，沉醉在彼此無限的愛意中，他們盡情享受著愛情的甜美滋潤，完全無視於旁人好奇的目光與注視，彷彿這整個天地專屬於他們的。

平日看來，似乎是平淡無奇的生活，其中也有著攝人心弦，亮麗迷人的生命躍動和璀璨光彩，如燦爛的煙火般，點綴著平淡的歲月，將生活映襯得更加動人。

「人不輕狂枉少年」，年歲漸長，才能更加體會這句話的深刻含意。

剃個大光頭的孟澤，夕陽將他清瘦修長的身影拉得更加瘦長，當他走過這一對年輕情侶的身邊，他用一雙充滿羨慕的眼神，對身旁的中年女子田欣怡說：「妳瞧！夕陽與情侶，這是一幅多麼美麗動人的真實畫面啊！」

欣怡也附和著說：「是啊！年輕就是美！」

孟澤情不自禁，搖了搖頭，十分感性地說：「人的確要經過了歲月的磨練，走過青春年華後，才能明白自己失去了最珍貴的青春。為什麼人總是要等到失去之後，才能體悟到它的珍貴呢？正如我失去健康，才知道健康是多麼可貴無價啊！」

欣怡也十分認同並微微點頭說：「我們都習慣了身邊的人事物，唯有當失去之後，人才會真正懂得珍惜，可惜為時已晚矣！」

當人年老時，對戀愛的看法，往往是持一種觀賞的心態，是在欣賞人生，外表鮮豔色彩之下，仍有淡淡的灰暗色彩。人雖老，而心可以不老，心老了那才是真正的老，只要心不老，心中將永遠保有那份赤誠與溫情。

俗話說：「夕陽無限好，只是近黃昏」。夕陽的燦爛餘暉，仍然保有它的熱力與溫暖，它可以溫暖人的心靈，留下短暫片刻的美好。

孟澤沉思了一會，感慨地對欣怡說：「這麼多年來，我一直在追求名和利，現在回首看那些曾經努力追求的事業、金錢、愛情，我都已經獲得，難到這些都是我想要的嗎？」

接著他又說：「人生實在是太短暫了。有時我內心感到十分迷惘、矛盾。如今，我已失去了生活的重心，世上所有的事對我來說都已經不重要，也沒有任何的意義與價值了。」

欣怡嘆了一口氣說：「誰又知道自己這一生，真正想要什麼呢？」

孟澤深深嘆了口氣說：「一切最好的物質生活，豪宅、名車和美女，我都擁有過，甚至比別人擁有的更多。到了我這個年歲，還有什麼沒有經歷過呢？人生的四季，春耕、夏耘、秋收、冬藏，如今，我已經走入冬藏的季節，應該說已經走到了人生的盡頭。所有的一切對我而言，似乎是虛無而遙遠的，卻也是靜謐而凝重的。」

他頓了頓，繼續又說：「人因心裡害怕，缺乏安全感，總想要緊抓住一些東西，有人抓錢，有人抓權，有人抓名，有人抓情。然而，時間是最無情的，每一個人都逃脫不了它的掌控，無論是王親貴族，富商名流，英雄豪傑與絕色天香的美女，最終都會走向衰老，面對死亡。」

欣怡感嘆地說：「當年秦始皇尋求長生不老的藥，最後卻找不到這種藥。同樣如西方的凱撒大帝威望和權勢曾如日中天，無人可及的一位叱吒風雲的巨人，最後他也一樣要離開人世。」

孟澤幽幽地對欣怡說：「這一生我做錯了許多的事，如今，我真的好想找一個人傾吐我心中的疑惑和過錯。」

孟澤猶豫了一下，然後以真誠嚴肅的語氣問道：「欣怡！我可以向妳懺悔嗎？」

欣怡一臉的錯愕，急忙搖搖頭回答道：「不行！不行！我又不是神父。你怎可向我懺悔呢？」

孟澤的眼神充滿期盼，他低聲請求欣怡說：「我只是很想找一個人傾聽我內心的話，你願意幫這個忙嗎？」

欣怡微笑著對孟澤說：「原來是這樣，那我就暫時充當你的最佳聽眾吧！」

孟澤感激地看著她，用柔和的口吻對欣怡說：「非常謝謝妳對我的耐心與愛心。」

孟澤用手摸了摸自己光禿的腦袋，然後他慢條斯理地說：「我這一生曾有過許多的女朋友，那時我一直認為自己是個很具吸引力的男人，我以為她們都很愛我，卻沒想到，這些女人竟然只是愛我的錢財。」

欣怡用一種疑惑的口吻問道：「你為什麼會這麼說？」

孟澤輕嘆了一口氣，聲音中透露著感傷與無奈地說：「自從我生病後，無法再揮金如土，她們一個個都離開了我。」

接著，孟澤搖了搖頭，帶著一種自嘲的語氣說：「當然我也不能怪她們，我本來就是用金錢來買愛情。我總是喜歡年輕貌美的女子，對她們一向都出手濶綽，正因為我的慷慨大方，她們才願意留下。當我無法滿足她們物質上的要求時，自然也就留不住她們。」

孟澤陷入沉思片刻後，接著他又說：「回想我的一生，真的不知道，當年在美國離婚，是否是我一生最大的錯誤呢？我因離婚後，才決定回到台灣發展。剛回來時，正好搭上台灣經濟起飛的順風車。」

孟澤的臉上浮現一絲得意的笑容說：「有時人要發財，真是擋也擋不住啊！」

「如果當初我一直留在美國工作，為那家知名的大藥廠做研究工作，又將會是一個什麼樣的結果呢？」他自言自語道。

欣怡一臉淡然的表情說：「回想過去的一切是不實際的，時間如東流逝水，一去不復返，生命是無法重新再來一次。凡事一旦做了選擇就不能後悔，有誰能保證，若是做了另一個選擇，一定會比前一個更好嗎？」

她停頓了一下，繼續又說：「這些都是一些未定數，世上的事沒有絕對的好與壞之分，命運中充滿了太多的未知與不確定性。我們只能把握能夠掌控的部份，但又能掌控多少與多久呢？最終，我們都將會失去一切，包括自己的生命。」

事實上，命運中的大部份，我們都是無法預知與掌控的。

孟澤停住了腳步，由感而發的說：「這麼美麗迷人的黃昏應該屬於情侶的。」

孟澤略有些許的猶豫，然後他真誠地懇求欣怡說：「能不能讓我牽著妳的手，讓我們就好像是一對情侶，在這美麗的河邊散步，好嗎？」

欣怡實在不忍心說「不」字，她大方的對他點頭示意。

他輕握著欣怡的一隻手，臉上露出一抹淡淡的微笑，十分感慨道：「為什麼我沒有早一點認識妳呢？當我初見妳時，我就深深覺得有一種『相見恨晚』的感覺。」

欣怡望著孟澤那一張真誠而略顯暗沉的臉說：「試想在你最成功得意的那段日子裡，你怎麼可能會有時間仔細用心地去觀察一個人呢？更何況我只是一個面貌平凡的普通女子，既不年輕又不貌美。」

孟澤若有所思地點頭並低聲回應道：「妳說得也對啊！那時，我已被成功沖昏了頭，整日公私兩忙，簡直是忙得連睡覺的時間都不夠，那還有閒情逸致去和人談心呢？」

欣怡心平氣和，緩緩地說：「我還是很感謝上天，給我這樣一個特殊的機會，至少可以讓你知道，不是每個人都是金錢的奴隸，這世界上還是有些人願意無條件的付出。」

孟澤微笑著說：「謝謝妳！沒想到在我生命的盡頭，會有如此溫柔善良的女子出現在我身邊，願意耐心地傾聽我訴說一生的故事，這真是一件不可思議的事。我的心中充滿了感激，感謝妳願意陪伴我走人生的最後一段旅程。」

欣怡的臉上露出一抹笑容，輕聲地回應道：「我也謝謝你！讓我能有一個難得的機會學習給予。」

欣怡無奈地嘆了一口氣，她接著又說：「我的父親也和你一樣，同樣是罹患肺癌，那已經是十多年前的事。最後，我父親在醫院住了一個多月，他走的前一天還說他精神好些了，沒想到第二天的清晨就天人永隔，那是我生平第一次經歷親人死亡，這種切膚之痛讓我深深感受到生命的脆弱和無常。在父親住院期間，我挖空心思，想盡一切辦法，用盡所有的心力和語言來安慰他，我始終總覺得自己做的不夠好，沒有讓他得到更多心靈上的安慰，這件事一直是我心中無法撫平的一大遺憾。至今仍是我心中揮之不去的陰影。」

夢澤輕輕拍了拍欣怡的肩膀，柔聲安慰道：「妳在醫院陪伴在父親的身旁盡孝道，這已經是非常難能可貴了。」

欣怡苦澀的一笑，語氣中卻帶著一絲憂傷說：「話雖這麼說，只是我的心中依舊有些許的悔恨，恨自己沒有能力做得更好。後來我閱讀了一些有關人生終極關懷的書籍，才略有所得。只怪我當年的人生閱歷和思想還不夠成熟，否則應該可以做的更好、更圓滿些。同樣地，我也希望可以找到一些安慰你的話。也許這也正是上天給我一個補償和贖罪的機會。」

欣怡突然想起在高中國文課本上的一段話：「朝生暮死，春生秋亡，一年生死、十年、百年生死，人生如朝露，何必愁苦。」她問孟澤可曾記得這句話。

孟澤的臉色瞬間暗淡了下來，他苦笑著說：「我早已不記得了。妳不用為我難過，因為所有安慰的話，對一個快走到生命終點的人來說，這些話都是毫無意義且無濟於事的。如今，我心中充滿著絕望與無奈。」

孟澤嘆了一口氣，接著又說：「我自以為是的活了這一輩子，雖取得了化工博士學位，卻沒想到在感情上竟如此無知。如今，我年屆六十五，才發現自己的情商不及格，真是令人悲嘆。」

欣怡用一種同情的口吻說：「不要再責怪你自己。古人云：『朝聞道夕死可矣！』你現在終於能夠明白一些道理已經是很不容易了。」

孟澤搖搖頭，深深的歎了口氣說：「太遲了！這一切都已經是太遲了，人只能活一次，已經造成的錯誤都已成為事實，再也無法挽回。」

欣怡試著安慰鼓勵他說：「別這麼說，悔恨是一種無形的枷鎖，與其浪費時間在這些無意義的悔恨上，不如珍惜生命中剩下的每一分每一秒吧！」

孟澤用一種無奈的口吻說：「是啊！悔恨確實是無意義且無濟於事的。不如勇敢去面對冷硬殘酷的現實吧！」

隨後他若有所思地說：「醫生說我還剩下一百多天的日子，我要把每一天當成是一個月來過。這樣算起來，不就還有八年多天的日子嗎?也許妳會認為，這是在自欺欺人吧？」

欣怡微笑著說：「不會的，我反倒覺得這是很有阿Q精神的想法，這正是，活在當下啊！」

「妳真的贊同我這樣的想法嗎？」

「我當然贊同啦！我認為，這也是一種很有創意的正面思維。」

「我記得在我父親重病住院時，我曾努力挖空心思，想找些安慰他的話。」她回憶起，那時曾對父親說的一句話：「比如只有一天生命的毛毛蟲，那麼一天也就是它的一輩子。和毛毛蟲比，我們人都活了好多輩子了。」

雖說由出生到死亡是一個自然的過程，但人總是貪生怕死的，螻蟻尚且偷生，更何況是人呢！

欣怡別有一番用心的對孟澤說：「你現在當然不僅只有一天可活，醫生說，你至少還有一百天的時間可活，這就像是你的一輩子。不！應該說你至少還有八年多的日子可活。」

孟澤勉強擠出一絲苦笑說：「本來我們人一出生就已經開始邁向死亡，在世上每活一天就少一天。人從一出生，不已注定是如此嗎？」

欣怡點頭附和著說：「是啊！你說的一點都沒有錯。這句話本來就是一個不容爭辯的事實。」

「而事實往往是最殘酷無情的。世上每個人都不喜歡聽真話，我們大家總是喜歡聽些虛偽的假話。」

人人都喜歡好聽的話，誰也不願做一個「烏鴉嘴」。

一般來說，人們過生日要說「福如東海，壽比南山，長命百歲，福壽安康。」的吉祥話。新婚時要祝福「百年好合，永結同心，佳偶天成，白頭偕老。」生孩子做滿月都要說喜慶吉祥話，這些都是討人歡心的吉利話。

做人總是無法免俗的，所以不吉利的話是不可以亂說，而大家所想要聽的只是一些美好而虛幻的祝福話語。

孟澤接著又開始述說：「我的第二任前妻，她擁有選美大會冠軍的頭銜，年輕貌美，豔麗動人，身材苗條，要比我年輕二十多歲，她嫁給我只是看重我的財富，並非真心愛我。婚後，我實在無法忍受她的庸俗、無知與無度的揮霍，我們的婚姻僅維持了一年，我給了她十分優厚的離婚條件，雙方才達成協議，簽字離婚。自此以後我沒有再婚，當然我的身邊從未缺少女伴，她們無一例外，都是愛上我的金錢和地位。」

孟澤充滿感激的口吻說：「我真要感謝我這位大學的老同學，老唐，原來他口中常誇讚的小文就是妳，因為老唐的介紹，我們才能有緣相識。」

接著孟澤皺了皺眉頭，一臉疑惑地說：「我最佩服老唐這傢伙，一輩子只不過是個窮文人，而他這一生都非常有女人緣。我實在想不透，為什麼有那麼多的女人會喜歡他，甚至還為他爭風吃醋。他到底具有什麼樣的魅力能夠吸引女人呢？」

欣怡微笑著說：「唐大哥是一位俠骨柔情的男人，他猶如武俠小說中的英雄人物，不僅擁有堅定的正義感，又有溫柔多情的一面，也很懂女人的心思。許多女人都很喜歡和他聊天，對他說些貼心的知己話，她們內心都很渴望被人瞭解，而他總是會默默的傾聽，不僅能夠聽懂女人口中說出的話，甚至連女人心裡想說，卻不願說的話，他一樣能夠心領神會。」

往往女人口中說出的話都只有一半，另外的一半總是深藏在心裡，需要體貼入微的男人，細心的去瞭解，一個真正有心的男人才能明白這些。至於那些懵懵懂懂過日子，或是自以為是，遲鈍如呆頭鵝的男人，他們終其一生都不能夠瞭解女人的心思。

孟澤有幾分玩笑的說：「天啊！妳們女人的心思實在太複雜、太難懂了。難怪有人說：『女人心海底針』。我認為大部份的男人，他們永遠都不懂女人的心。」

其實男女間的感情，是不能勉強的，而真情更不能用金錢換得的。

俗話說：「世上財寶易得，而真情卻難求啊！」

孟澤點頭微笑說：「經妳這麼一說，我才發現自己原來是個呆頭鵝。」

欣怡笑著對孟澤說：「我認為唐大哥是一個十分尊重女性的男人，而你則是一個頑固的沙文主義者。你雖然富有，想用金錢換取愛情，但是有些女人的心是無法用金錢買到的。」

孟澤敲了敲他光禿的腦袋說：「天啊！過去我怎麼一點都不明白這些道理呢！也許在過去的日子裡，我一心追逐名利，也一直沉迷於金錢和物質的享受中，以為這是成功所帶來的光環和榮耀。每天，我幾乎是醉生夢死般地生活著，根本就無心，也沒有時間，去看清身邊所有事情的真相。」

「現在明白也不遲啊！有的男人一輩子永遠都不會明白這些道理。或許他們根本也不想去看清自己和真相。也許他們根本就沒有這種能力、智慧去釐清自己的感情吧！」

孟澤深深嘆了一口氣說：「沙文主義的男人是絕不會向女人低頭的，所以我也永遠無法獲得女人最真摯的深情，這也許是我一生中的一大缺失吧！」

欣怡慢條思理地說：「女人的愛，男人要用真心誠意，溫柔體貼才能獲取的。」

孟澤若有所悟的說：「真沒想到，我在認識妳之後，才明白了這個道理。我竟然是一個沙文主義的男人而不自知。難怪會有那麼多女人，她們會無怨無悔地愛上窮光蛋老唐，經妳這麼的解釋後，果真是很有道理。」

「若想要真正捕獲一個女人的心，他們就要向溫柔體貼的唐大哥學習。」

孟澤搖晃著他的光腦袋，若有所思的問道：「這麼說來，我這一輩子就沒有真正的被一個女人愛過嗎？」

欣怡微笑答道：「也許你一直沒有遇到一個情投意合的人吧！其實我們的一生，又有幾人能夠成為琴瑟和鳴、廝守一生的伴侶呢？詩人徐志摩曾說：『我將於茫茫人海尋找我唯一之靈魂伴侶，得之，我幸。不得，我命。』要找到一個真心愛你的人，確實是不易啊！」

孟澤由衷地對欣怡說：「我很高興能夠認識妳這麼一位有思想和見解的朋友。人真的是不經一事，不長一智啊！」

孟澤用一種期盼的態度問欣怡：「以後你還願意再來看我，和我聊天嗎？」

欣怡有些不知所措地回答道：「我會盡量抽空來看你的，畢竟你有你的專業知識和特殊的人生閱歷，和你聊天我也能學到很多的東西。但我真的很不喜歡和你道別。」

孟澤語重心長地說：「我又何嘗願意和妳道別呢？人之將死其言必善！如今的我，已經沒有時間和精力說謊了，我會真心誠意地告訴妳，我這一生所有寶貴的人生經驗和閱歷。」他的眼神充滿了無盡的哀愁、不捨與無奈。

孟澤神色黯然地又說：「有一天，當妳再撥打我的電話號碼，若已無人接聽時，妳就知道我已經走了。」他低沉沙啞的聲音中帶著一絲的悲涼。

欣怡已深深感染到孟澤的悲傷之情，她默默無語片刻後，輕嘆了一口氣，黯然地說：「人生聚散無常，世事如浮雲，天下哪有不散的宴席呢？」

孟澤深情且感傷地望著欣怡，低聲地說：「謝謝妳！感謝妳的善良和愛心，讓我在人生的最後一程，能夠獲得一些溫暖，以及心靈上的安慰和悔悟。」

此時，欣怡真的不知該對孟澤說些什麼，她只輕聲說了一句：「不用客氣！」

天色漸漸地更加昏暗，欣怡不敢正視孟澤那憂傷無奈的雙眸，她再也無法多看他一眼，她彷彿是看到年邁的父親躺在醫院病床上時，他的那雙憂傷無奈，絕望悲涼的雙眸，她內心一陣酸楚，突然有一股悲傷之情湧上心頭。瞬間，欣怡的眼眶已滿是淚水。她依依不捨地對孟澤揮了揮手，轉身離開後，強忍的淚水已沿著臉頰悄然滑落。

這樣的一天終於來臨。當欣怡撥打孟澤的電話時，鈴聲一直不斷的在響，卻始終無人接聽。欣怡仍不肯輕易放棄，她一次又一次的撥打那同樣的號碼，只聽到電話鈴聲在寂靜的空氣中不斷地迴響。雖然這早已是預料中的事，欣怡也明白生老病死是無法避免的自然規律。

然而，當告別真正來臨時，她依然感到悵然若失，感傷不已。這份無法言喻的悲傷讓欣怡陷入深深的回憶，她彷彿再次看到孟澤和父親，那雙相同憂鬱、沉痛的眼眸裡映著無法言喻的哀傷、絕望與無奈，以及他們帶著無盡感激的最後微笑，如刀刻般的銘心。而父親臨終前，他那沙啞無助的聲音，又再次無情地刺痛她的心。這段痛苦的記憶在她的腦海中揮之不去，久久不能釋懷，只能任由淚水無聲地自雙頰滑落，滲入無盡的思念與回憶中。

# 6. 婚姻保險

菲菲的長相、個性都遺傳了父親吳先生。她的身材高挑，濃眉大眼，聰明伶俐，個性也很活潑開朗。菲菲從小就是個乖巧可愛、貼心懂事的女孩，吳先生對這唯一的愛女視若掌上明珠。女兒小的時候，搖搖晃晃地學走路時，吳先生便是小心翼翼，寸步不離的守在旁邊，深怕女兒有任何一點的閃失。即便是女兒輕輕打個噴嚏，吳先生的神經也會立即緊繃起來。

等到女兒十八一朵花的年齡，她身邊早已圍繞許多的愛慕與追求者。吳先生的心更是輕鬆不起來，他經常苦口婆心，費盡唇舌的對女兒說：「菲菲！爸媽就只有妳這麼一個心肝寶貝。『男怕選錯行，女怕嫁錯郎。』女兒！妳可千萬不能隨便找個男人就把自己嫁了。」

每次女兒總是撒嬌地對父親說：「好啦！爸爸您放心，我未來的丈夫，一定要是爸爸滿意的人選才行，否則我寧願一輩子不嫁人。」

聽到女兒這番話，吳先生心裡稍有些安慰，彷彿是吃了顆定心丸，他一顆躊躇不安的心也踏實多了，不過他還是有幾分疑惑地對女兒說：「妳現在說的好聽，只怕女大不中留吧！」

時間飛逝而過，轉眼間，菲菲已年過三十。這些年來，雖然菲菲與異性朋友的交往當中，也有一些條件優秀的男士，而吳先生的眼光總是非常挑剔，竟然找不出一個理想的女婿人選。曾有一次，吳太太看中一個外貌不錯、個性溫文儒雅、學歷與家世都相當出色的男士。也稱得上是高、富、帥的條件，此人應該是理想的女婿人選。也許是「丈母娘看女婿，愈看愈中意吧！」

吳太太滿面喜色，興高采烈地告訴丈夫，她已選中一位理想的女婿人選。然而，吳先生卻不假思索地一口否決。

他搖了搖頭說：「這個人外表看來確實無可挑剔，優雅大方，舉止得體，看似穩重可靠。然而，仔細聽他說話，往往是話中有話，這種過於精明能幹的人，讓人感到他的內心充滿算計和野心，是個令人擔憂且不好應付的人。」

吳太太聞言，臉上的笑意瞬間凝住，眉頭微蹙，嘴角一沉，語氣中帶著不滿：「上次有個老實本分的小夥子，你嫌他沉默寡言，說話吞吞吐吐，讓人摸不透心思，覺得他陰陽怪氣、城府太深。現在這個談吐大方、能言善道的，你又說他太精明，心機太重。」

她深吸了一口，語帶埋怨地反問：「你到底要怎樣的？總是這個不行，那個又不妥，條件太苛是找不到對象的。別忘了，你是在為女兒找對象，要合她的心意才是最重要的。」說完，她滿臉的委屈，雙手抱胸，狠狠地瞪了丈夫一眼。

「我知道！我不正在努力為女兒找合適的對象嗎？」吳先生有些不耐煩地說。

然而吳先生也不知怎麼的，他總是雞蛋裡挑骨頭，不是嫌那男孩皮膚太細白，就是嫌他過於脂粉氣，害怕女兒嫁了個小白臉，日後可能會吃大虧。

吳先生對未來女婿的要求甚嚴，挑東嫌西的，好像世上沒一個男人合格做他未來的女婿。

吳先生心裡一直納悶：「難道這世上真的沒有好男人了？要上哪兒才能找到一個讓人滿意的好女婿？」

可惜，眼下所看到的那些追求者中，不是這樣不夠好，就是那樣不行，總覺得每個都有缺點，讓他難以接受。長相端正、外貌出眾的，學歷卻不怎麼樣，將來恐怕難以出人頭地，女兒日後跟著他，豈不是要一輩子操勞受苦？有學問的，長相實在不敢恭維，不是五短身材、其貌不揚，就是又矮又胖，實在讓人難以想像未來孩子的模樣——這可是一輩子的事，豈可不慎重？

有個家世不錯的，家族背景又太複雜或完全摸不清底細，這樣的婚姻簡直是太冒險了。豈不是羊入虎口嗎？

總而言之，這些年來，吳先生千挑萬選的，一直沒能找到一個讓他看得上眼的未來女婿，更甭說是個稱心如意的女婿，或許所有的追求者以吳先生的標準來衡量，他們全都配不上他的寶貝女兒。

想到這裡，吳先生忍不住嘆了口氣，眉頭緊皺，心裡滿是煩惱和憂慮。難道，真的找不到一個能給女兒幸福，又能讓他這個當父親安心的人選嗎？

拖延至今，吳先生尚未能替菲菲挑到一個理想的結婚對象。所以菲菲依舊單身。

有一天，吳先生的寶貝女兒，噘著嘴，嗲聲驕氣的埋怨父親說：「爸爸！您若再這麼嚴格地挑下去，我這一輩子恐怕都別想嫁人了。難道您希望我成為一個永遠嫁不出去的老小姐嗎？」

吳先生面露不悅地斜睨了女兒一眼說：「菲菲！妳曾說要找一個爸爸滿意的男人做丈夫，否則妳寧可永遠不嫁嗎？」

菲菲一臉的委屈地回答道：「好吧！那我就永遠不嫁人，一輩子陪著爸爸！」

吳先生的臉色沉重，儘管他嘴上是這麼說，但心裡何嘗不為這事焦急萬分呢！有時弄得他哀聲嘆氣，寢食難安。

然而世上有些事是一點都急不來的，尤其像婚姻這種人生大事。每個人，或許一生只有一次的機會，怎能急於一時，倉促成事，而導致日後悔恨呢？

但是吳先生想到女大不中留，若再拖下去，真會留成了仇。若不是女兒已年過三十，他還真不願意就這麼輕易地把女兒嫁出去。

吳先生心想：「這世上若真能有婚姻保險，那該有多好，我一定願意支付最高額的保險金，為女兒投保婚姻險。」

婚姻猶如是一場賭博，婚前一切都是光鮮亮麗，充滿甜言蜜語與浪漫幻想，彷彿找到了人生最完美的歸宿。至於婚後的日子是否會幸福，誰也無法預測。更何況世上十對夫妻就有九對怨偶，幸福的婚姻終究只是少數人的奢侈品。

也難怪，三百六十五行之中，唯獨沒有「婚姻保險」這一行。世上有誰笨到去銷售這種注定要賠本的買賣？

世上最難測的莫過於人心，而婚姻則是一場賭局，一紙婚約，綁住兩個人的關係，卻綁不住變幻莫測的感情與現實的殘酷。

俗話說：「殺頭的生意有人做，賠本的生意無人做。」

吳先生回想起當年他向妻求婚的情景，仍記憶猶新，當時，岳父對他冷眼相待，又何曾給過他好臉色看呢？那時，岳父不也是對他多有挑剔與不滿？即使與妻結婚一年多後，吳先生與岳父之間的關係依然冷淡，猶如公司的老板對屬下基層員工，彼此依舊禮貌客氣的如同陌生人一般，岳父對他的冷漠態度，那裡像是對待一個半子呢！為此，吳先生還曾老大不高興地向妻抱怨說：「當年妳嫁給我的時候，妳爸爸對我就很挑剔，他一直對我不是太滿意。」

吳太太聽後，似笑非笑，頗不以為然的對丈夫說：「我倒覺得，你現在挑女婿的標準，比我爸當年的標準還要嚴苛得多了。」

吳先生有些疑惑的表情，喃喃自語道：「我真的有這麼嚴格嗎？不會吧！」

吳太太只是笑而不答的望著丈夫。不置可否，如今，輪到吳先生自己異地而處，他才恍然大悟，理解了做父親對嫁女兒無限不捨的心情，以及對未來女婿的苛刻要求，甚至到了幾乎不近人情的地步。

當初，吳先生特意買了一棟大房子，希望女兒婚後能夠和他們二老同住。從小，菲菲就習慣有爸媽在身邊呵護照顧。

記得有一次，女兒欣喜地說：「我結婚後，若還可以和爸媽住在一起，那真是太好了。」

雖然女兒十分同意，結婚後可以繼續住在家裡，她也可免去許多家庭主婦需做的瑣碎雜事，對菲菲來說，這的確是一件很幸福的事。

只怕女人一嫁了人，她就得嫁雞隨雞，得聽從一家之主的意見，很多事也並非她能做主掌控的。

如今，菲菲的丈夫強尼，他們是在一次婚姻介紹的活動中認識，兩人交往了一段時間後，菲菲才告訴父母，他們將要準備結婚。吳先生對強尼並不是特別滿意，只因女兒菲菲這次是執意要嫁給強尼，而吳太太對這位未來的女婿頗為滿意，吳先生也只好勉強妥協。

強尼是一個非常有主見的人。大學時期，他就搬離家開始獨立生活，強尼喜歡擁有自己的個人空間，凡事他都會自己動手打理生活上的一切，他早已不倚賴家人。若不是因為強尼家中的舊傳統觀念，強尼的父母經常耳提面命，告誡他說：「不孝有三，無後為大。」否則他根本不願早早被套上婚姻的枷鎖，以強尼獨立的性格，他絕對是堅持要有一個完全屬於自己的家，強尼絕不可能會願意住在岳父母的屋簷下，過著受人束縛或仰人鼻息的日子。

來自完全不同的成長背景和生活環境的人，若勉強住在同一個屋簷下，只會增加彼此的不便與磨擦。

然而，吳先生早在女兒結婚之前，他已有言在先，約法三章，他對女兒和女婿說：「你們購置的新家必須選擇在我家附近，我們就只有菲菲這唯一的女兒，我們二老需要有人就近照顧。」其實吳先生心裡是捨不得女兒，害怕女兒受人欺負，想要就近監督和保護她。若將來女兒生了孩子，他們也方便幫忙照顧孫輩。

真是天下父母心啊！

菲菲結婚半年後，　天下午，她打電話回家哭訴心中的委屈。只聽女兒在電話的那一端哭哭啼啼，上氣不接下氣地說：「我受不了！我要搬回家住，爸爸您趕快開車來接我回家吧！」

吳先生聽女兒如此說，他心急如焚地問道：「那混小子欺負妳了？」

隨後，他聽到由電話那端傳來女兒害怕的尖叫聲：「強尼他生氣了！正在捶打桌子啊！」

此時，吳先生已經忍不住，開始破口大罵道：「什麼！強尼在捶打桌子！這簡直就是野蠻的暴力行為，那個混小子竟膽敢欺負恐嚇我的寶貝女兒，看我非去好好教訓他一頓。」

吳先生重重地放下了電話，立即挽起了袖子，一副氣急敗壞要找人打架的樣子，他怒氣沖沖抓起放在大門旁小桌上的車鑰匙，準備立刻開車前往女兒家，去拯救正在受苦受難的寶貝女兒。

這時，只見吳太太若無其事的站在一旁冷笑說：「夫妻吵架本就是很正常的事。你最好還是不要插手。」

接著，吳太太又冷冷的提醒道：「你自己以前不也經常欺負別人家的女兒嗎？家裡飯廳餐桌上的那塊大玻璃是被誰打破的？我從來都沒打過電話叫我老爸來教訓你。」

經妻這麼一提醒，吳先生的腳步不由得放慢了下來，他轉身走回客廳，然後很不好意思地對妻子擠出一個尷尬的笑容，他輕輕晃蕩著手中的車鑰匙，顯得有點不知所措，原本緊繃的面部肌肉也隨之變得較為鬆弛柔和些了。

吳先生和顏悅色地對太太說：「妳說的對！夫妻吵架是再正常不過的事。我還是別去管這檔子閒事吧！老婆大人！不如今晚我倆輕輕鬆鬆的到外面去享受一頓豐盛的晚餐吧！」

吳太太微笑著說：「世上那有不吵架的夫妻，婚姻本來就是一種妥協。他們小倆口結婚不久，還需要一段時間去互相瞭解、彼此適應與磨合。現在，你若是去插手，只怕會弄巧成拙，反而把事情弄得更糟。」

吳先生頻頻點頭說：「是啊！我十分贊同妳的說法。」

吳太太嘆了一口說：「清官難斷家務事！兒孫自有兒孫福。我們二老還是自求多福吧！」

吳先生猛點著頭，他對太太讚不絕口地說：「果然是老婆大人比我有見解，有智慧啊！」夫妻兩人四目相視，不覺莞爾。

# 7. 安妮與比爾

那年的夏天，郝安妮終於決定由工作崗位上退休。回憶起剛來美國時，安妮才二十多歲，那時的她心高氣傲，還是個完全不諳世事，單純天真的女孩。

安妮在台灣畢業於一所大學的會計系，當年她所以選讀會計，只因安妮的父親飽經顛沛流離，動盪不安的戰亂時代，父親堅信「一技在身，走遍天下。」在大學期間，安妮曾幾次想改念文科，都在父親嚴厲斥責的極力反對下，她只有無奈的順從父命，放棄自己的理想。這件事讓安妮的內心一直感到有所缺失。多年來，深埋於心底的不甘與掙扎也時刻會困擾她。直到安妮來到美國，果真如父親所言，一技在身，讓安妮在美國從未嘗過失業之苦。

初次由台來美後，安妮又再進入美國大學念了兩年的會計。在一次求職競爭中，她獲得這份總會計師特助的工作。時光飛逝，沒想到一晃眼，安妮竟在美國工作了二十多年。歲月已無聲無息如流沙般，經由指縫間快速的流逝。

記得那時每日清晨上班，同仁們經過會計部經理比爾辦公室的門口，大家都會例行公事地對比爾說一聲：「早安！」

比爾也照樣會禮貌地回一句：「早安！」

除此之外，整個辦公室的人都很難得有和比爾說話的機會，大家能聽到比爾說話最多的時候，就是他與其他主管階級的人意見不合而起了爭議，比爾會毫不留情，赤裸裸地將對方訓斥一頓。整個會計部門約上百人，大家都知道比爾是個十分難應付的上司，所以每個人都盡可能避免與他有正面衝突，自然也沒人敢隨意去招惹他。

一頭稀疏微捲曲的銀灰頭髮，身材瘦高且略有些駝背的比爾，他是一個沉默寡言的人，在他那張毫無表情削瘦的臉上，很少見過有一絲愉悅的笑容。平日辦公室所有的娛樂活動，比爾一律拒絕參加，每天除工作之外的咖啡與午餐的休息時間，比爾總是獨來獨往，只見他手執一杯熱咖啡和一本厚厚的小說，沉迷在他的小說世界中。

雖然比爾是個眾所皆知十分不合群的老怪物。但是比爾自己卻總是氣定神閒，怡然自得，猶如老僧入定般，他完全不在乎別人對他的看法或異樣的眼光。

那日下午，安妮專心努力在設計一張公司的年度資產損益報表，結果經理比爾並不滿意這張報表，讓安妮前後共修改了五、六次之多。由於比爾不善使用電腦，他卻反而十分挑剔，一會嫌報表上的字體不夠大，或者是間隔行數不統一等等，安妮更改數次後，竟都不能完全符合比爾的要求。

對一個年輕氣盛，自尊心又強的安妮來說，她實在無法忍受比爾如此故意刁難的態度，她的心頭委實已按捺不住，安妮心想：「是可忍，孰不可忍也！」

她手持著報表，氣沖沖地走進經理的辦公室，她站在比爾的那張大辦公桌前，她重重地把報表攤放在經理辦公桌上。安妮面無表情並義正辭嚴地對經理比爾說：「對不起！既然你不滿意我所做的報表，那只好請你自己動手修改吧！」

在安妮走進經理的辦公室之前，她已先深深吸了一大口氣，彷彿是要去赴戰場打仗似的，她的心意已決，反正這份工作，她也不打算做下去了。安妮確實知道自己有一技在身，「此處不留人，必有留人處。」她索性放大了膽，把話挑明了，說個清楚明白。然後安妮猶如連珠炮似的又對比爾說：「今天，我終於知道，為什麼大家都說你是一個老怪物？看來他們說的一點也沒有錯。」

只見比爾一臉地驚訝和不解地問安妮：「真有這種事嗎？」

安妮理直氣壯地反問比爾：「你認為我是在說謊嗎？」

比爾布滿魚尾紋的兩隻老眼直盯著安妮瞧，安妮也本以為這個老怪物一定會大發雷霆，好好斥責她一番，她心裡早就準備好要勇敢沉著地迎戰，絕對不能讓這個老怪物把她看扁了。

然而完全出乎安妮意料之外，比爾竟然是一副似笑非笑的尷尬面容對安妮說：「看不出妳年紀輕輕的，脾氣卻可不小啊！」

安妮聽比爾這麼一說，反而有些不知所措。頃刻間，她竟想不出該如何應對才好，安妮只有默不作聲，她依然用一雙不友善且疑惑的眼神直視著對方。

接著比爾竟然和顏悅色地問道：「安妮！請妳告訴我，到底是誰敢在背後說，我是個老怪物？」

比爾那張一反常態的笑臉，讓安妮丈二和尚摸不著頭腦，不知他是笑裡藏刀呢？還是另有陰謀呢？若安妮此刻大鳴大放，萬一比爾事後再來個秋後算帳，那也是很有可能的事。

安妮心想：「這樣一個讓人摸不清底的老怪物，我還是小心為妙。防人之心不可無啊！我們老祖宗說的話定要牢記在心。」

安妮只能含糊其辭地草草回答道：「反正大家都這麼說。」

比爾又好奇的繼續問道：「妳說的大家到底是指那些人呢？」

安妮只好硬著頭皮強辯道：「大家就是指辦公室大部份的人，我怎麼能夠告訴你到底是那些人呢？」

比爾若有所思地對安妮點了點頭說：「就算妳不說出來，我也知道是哪些人說的。」

也許這是比爾給自己的一個下台階吧！

幸好比爾沒有再繼續追問究竟，他告訴安妮說：「時間也不早了，今天就到此為止，報表就不用再重作。妳可以下班了。」然後比爾又逕自低下頭來專心忙著他手裡的工作。

這時安妮不經意地望向比爾身後的辦公室大玻璃窗，外面的天色已經全黑，而整個諾大的辦公室內也只剩下他們兩人，當安妮獨自走出辦公室時，她的心上不由地泛起了一絲悲涼的寒意。

第二天早上，當安妮經過比爾的辦公室，她依舊例行公事地對經理說：「早安！」

比爾也禮貌地回說：「早安！」

然後比爾用一張似笑非笑的臉望向她，又對安妮頑皮地眨了眨眼，好像有些盡在不言中之意。這是比爾從未過的一種奇怪動作與表情。此時，安妮突然發現比爾臉上的肌肉與線條比過去光亮柔和了許多。

正逢年關之際，已近下班時刻。整日，比爾在辦公室忙得不可開交，原來他無法平衡次日必須要交出的會計年度審核報表，他一向不輕易開口找人幫忙，每次，他情願獨自留在辦公室加班至深夜，因此安妮心中有些不忍，她主動走進經理辦公室去問比爾：「你需要我幫忙嗎？」

比爾知道安妮在工作上表現傑出，更是個做平衡試算表的高手。這時比爾真的已經是精疲力盡，他只好勉強無奈地對她點了點頭。

安妮對數字有很高的敏銳度，辦公室裡任何的會計報表都絕對難不倒她。不如說是中國人的數字觀念與精準度，的確是要比美國人強很多。

果然不費多時，安妮把比爾交給她的工作做好了，比爾伸出一雙微微顫抖的手接過報表後，他十分感激地對安妮說：「今天，妳幫了我好人的一個忙，我真的是太感謝妳了！」

安妮誠心愉悅地對比爾說：「不用謝！我真的很高興能夠幫上你的忙。」

此時，安妮深深的感覺比爾真的是老了，已經六十八歲的人，他比自己的父親都年長幾歲，比爾還得繼續工作，安妮以略帶同情且柔和的口吻說：「比爾！你真應該退休了。」

比爾搖了搖頭並深深嘆了一口氣道：「我的太太比我年輕幾歲，她一直體弱多病，我需要繼續工作，我太太才能享有全額的醫療保險，所以我必須再多工作兩、三年，等我太太滿六十五歲後，她才可享有自己的保險。」

安妮只有無奈地低聲說：「原來你無法退休，是因為這個原因啊！」

比爾沒有說一句話，只默默地對安妮點了點頭。

安妮心中有幾許傷感的望著面前的老人，他那雙浮腫灰暗無神的雙眼，在日光燈光下更加顯得慘白淒涼。瞬間，比爾竟變得如此地蒼老無助，安妮的眼眶有些濕潤，比爾已看出安妮內心的不安，他用手輕拍了一下安妮的肩膀說：「正因我太太需要我照顧，所以我更要勇敢堅強地活著。妳不要為我傷感難過，別忘了我是一個很難被打倒的老怪物哦！」

他故意將「老怪物」這三個字說得很重，語氣中帶著幾分嘲弄與安慰。此話剛畢，比爾的面容即刻又回復他慣有的孤獨感，嘴角微微下沉，目光幽深，將所有的情感鎖在他內心的深處。

安妮靜靜望著他，心裡湧起一種難以言喻的悲涼感覺。她眼裡的比爾，是個勇敢堅強的人，暗藏在他冷漠無情的外表下，卻有著不為人知的柔情與善良。

記得那是一個冬日下雪天的午後，西雅圖城中心街道上已覆蓋滿了白色的積雪，大上片片的雪花繼續紛飛著，辦公室的許多位同仁，大家都必須走到對街的大樓去參加業務會議。

一路上，安妮小心翼翼地走在已有數吋積雪的人行道上。正準備要伸手去攙扶走在身旁較為年長的比爾。然而比爾卻搶先伸手來攙扶安妮說：「我知道妳來自亞熱帶的地方，不習慣下雪的天氣，還是讓我來攙扶妳吧！」

這時安妮有些啼笑皆非，她搖了搖頭對比爾說：「我們這一老一少，到底是誰在攙扶誰？」

比爾開心地咯咯笑著說：「我這個老男人，能有榮幸，身邊挽著一位年輕漂亮的女子同行，真不知會換來多少路人羨慕的眼光呢！妳今天的確讓我覺得非常得意開心呢！」

比爾是一個很容易滿足的人，有時天真無邪的像個孩子，一點點的小事就足以讓他心生歡喜。

他微微一笑，語氣平淡卻一帶著一絲滄桑：「像我這種年歲的人，生活中快樂的事已經愈來愈少，未來的路將會越來越艱難，所以更是要學會苦中作樂。」他的語調輕鬆，但在他深邃的目光中，卻藏著歲月沉澱出的無奈與滄桑。

那時的安妮，只覺得這話有些悲觀，還不能瞭解話中的深意。然而，歲月無聲地流逝，當她不再年輕時，才領悟到話中的真意。

記得還有一次，安妮與辦公室一位美國女同事麗莎鬧得不愉快，大眼睛高鼻樑的麗莎，她的確是有幾分姿色，但說起話來卻有些尖酸苛薄，特別是對一些非白色人種有很大的偏見，或許說她根本就是歧視非白人族群。

那次在辦公室的討論會中，麗莎正在抱怨一位英語發音不好的會計師，她是一位來自越南的美藉華人。

安妮以一種打抱不平的態度對麗莎說：「為什麼大家都聽得懂她的英文，唯獨妳一個人聽不懂？」

麗莎也自知是在故意找碴，卻對著安妮說：「我在說別人，我又不是在說妳，妳最好不要多管閒事。」

安妮一副不甘示弱的語氣對麗莎說：「我為我的朋友說一句公道話，怎麼算是多管閒事？」

後來麗莎乾脆將箭頭指向安妮，由於安妮的英語流利，加上聰明機伶，麗莎自然也佔不了上風。但在安妮與麗莎不愉快的爭議後，安妮氣沖沖地去找比爾來評理。她拉長著一張臉說：「為什麼麗莎老喜歡找我的碴呢？」

比爾一副若無其事的對安妮說：「她是在妒嫉妳。」

安妮用一種很不苟同的疑問口氣問道：「不可能的，麗莎為什麼要妒嫉我呢？」

比爾微笑著對安妮說：「麗莎確實是個心直口快的人，有時她是因為妒嫉妳而故意找碴的，你千萬不要那麼容易中計而生氣。妳反而應該很高興，妳有讓麗莎妒嫉的條件。」

安妮聽不懂比爾所說的這一番話，反問比爾道：「你自己在辦公室不也是一樣常和別人吵架生氣嗎？」

比爾鼓起他那雙厚重眼袋的眼睛，不以為然地聳了聳肩說：「我和別人不一樣，我吵架時根本就不會生氣，我只是戴上一副生氣的面具而已，完全是故意做給別人看的。」

接著他又用開玩笑和譏諷的口吻對安妮說：「只有傻瓜才會上當生氣。」

安妮馬上睜大了眼，提高了嗓音對比爾說：「什麼？你的意思是罵我是個傻瓜！」

比爾像個頑童似的，他一手摀住自己的嘴並竊笑說：「如果妳不生氣的話，妳就不是傻瓜了。」

比爾說的也是實話，由於安妮年輕好強不服輸的個性，安妮覺得特別是與美國人打交道，若是受到不公平的待遇，她一定要據理以爭，絕對不可退縮，或許有些美國人欺善怕惡的天性，有時安妮為了保護自己，她會表現的像一隻刺蝟似的，偶爾，還會故意小題大作，讓同仁們不敢任意造次。

在辦公室那位最愛找碴的麗莎，或許真的是因不打不相識的緣故，後來安妮和她竟然成為了好朋友。

也許這一點是美國人的長處，他們在雙方激烈爭吵過後，彼此依舊可以不計前嫌，握手言和而成為朋友。然而畢竟一個是喝牛奶、吃牛肉長大的西方人，另一個是喝豆漿、吃米飯長大的中國人，他們之間是很難水乳交融的。

東西方的文化差異，必將是一條永遠無法跨越的鴻溝。一般來說，雙方只能在彼此之間找到一條異中求同的最佳交往模式而已。

比爾語重心長地對安妮說：「這世界充滿了無邊的混亂與複雜，人心被現實侵蝕，變得冷酷無情、充滿缺陷。一個人唯有在書的世界裡找到平靜，心靈也才能真正獲得自由與滿足。」

原來比爾背後隱藏著太多不為人知的滄涼淒苦，怨尤不滿，他並非天生就是孤寂冷漠的，而是經歷了太多的挫折與傷痛，才選擇將自己封閉在書本之中，在文字裡尋找撫慰、紓解與釋放。他不是不願與外界接觸，而是這無情的世界讓他遍體鱗傷。

安妮在美工作的頭幾年，覺得困惑、迷茫，對異國文化與生活方式感到格格不入。皆因有比爾的教導與鼓勵，讓安妮加速適應與瞭解美國的生活與文化，而且他還教導、啟發安妮，去追求內在的淨化與成長，讓她活得更有深度與意義。

比爾，確實是安妮工作與心靈成長道路上的一位重要導師。

比爾當年曾對安妮所說的一些話，那時安妮還年輕，涉世未深，無法完全明白話中真正的道理。然而在許多年之後，當安妮不再年輕，她對於比爾曾說過的那些話，才有了更深刻的瞭解與體悟。

比爾退休後的最初幾年，偶爾，安妮與他一直都還保持電話連絡，後來比爾搬至外州後，他們就失去了連絡。直到有一天，安妮經由別的同事告知比爾去世的消息，令安妮感傷不已。她深知比爾一生堅強不屈，特立獨行的個性，比爾絕對不希望任何人為他傷心難過。

安妮在他國異鄉，能夠遇到一位忘年之交比爾，使她一生受益匪淺。比爾，這位良師益友，他將永遠活在安妮的心中。

# 8. 風中小草

大學畢業後，夏媛在台灣的一家美商公司找到了一份秘書的工作，由於她的英語能力強，對外國客戶和國際業務上的處理，無論是書信或電話的往來和溝通，夏媛都十分得心應手，也頗得公司老板的賞識。所以當年夏媛決定要移民美國時，她完全沒有一絲的害怕和憂慮，也許是「初生之犢不畏虎。」

夏媛懷著一顆興奮與期待的心情，飄洋過海，來到這一座位於美國西海岸，空氣清新，美麗多雨的西雅圖，也因此地多雨，樹木經年長青而被譽為「翡翠城」。湖光山色的西雅圖，氣候四季分明，春天有百花綻放，夏日是萬里晴空，秋季裡楓紅落葉，冬天皚皚的白雪紛飛。每個不同的季節都有它獨特的風味和景觀，猶如在欣賞不同的優美風景畫作。它也曾被選為全美最適合人居住的城市。

夏媛記得剛來西雅圖時，她才二十六歲，到美國來的第一份工作也是秘書一職。當夏媛收到那封求職信的回覆，要她盡快去面試。夏媛抱著一份既興奮又緊張的心情前去面試，她曾聽一些中國友人說：「在美國的第一份工作是最難找的。」

夏媛心想：「凡事總要有個開始，不去試試又怎知道結果呢！」

她依照信封上的地址，以及電話中所取得一知半解的方向指示，夏媛只好硬著頭皮，她獨自前往尋問摸索，終於找到那座辦公大樓。夏媛推開大門後，她立即看到一個半圓形的詢問處櫃檯，後面正坐著兩位女士，夏媛直接走向櫃檯，對一位年輕的金髮小姐說：「我是前來工作面試的。」

這位金髮小姐似乎已經知道此事，她很友善地微笑著對夏媛說：「請妳跟我到二樓來，我帶妳去見會計部的經理。」夏媛尾隨著這位金髮小姐走上二樓，進入一間大辦公室，見到一位銀灰頭髮，身材高大微胖的財務經理，他請夏媛坐下後，先和夏媛說了幾句閒聊的話，然後才正式開問夏媛道：「妳會英文速記嗎？」

夏媛有些不好意思的點頭說：「我會，但是並不熟練。」

經理接著又問道：「妳會用口述錄音機嗎？」

夏媛很誠實地搖頭說：「不會。」

夏媛在台灣美商工作三年多的經驗，她知道美國人最不能容忍欺騙的行為。所以夏媛對經理的問話都是據實回答。

這位洋經理微微皺了一下眉頭問夏媛道：「那麼妳到底會些什麼？」夏媛面帶自信的微笑，她知道美國人最欣賞有自信的人，夏媛毫不謙虛且十分有自信地對這位洋經理說：「我是大學會計系畢業的，對於數字和財物報表的分析能力很強。雖然我沒有用過口述錄音機，不過我的學習能力很強，我很快就能學會的。」

只見洋經理用眼睛打量了夏媛一下，似乎有幾分懷疑，卻也欣賞這樣一位有自信的求職者。

此刻，夏媛的心是七上八下的，但是她卻盡力表現出一副鎮定輕鬆的模樣，不一會的功夫，洋經理對夏媛說：「好吧！我願意先試用妳三個月，可以明天就來上班？」

夏媛起初有些不敢相信，這麼容易就被錄用了，她怕自己聽錯了，所以她才又再重復了一句說：「明天？」

經理見夏媛面有難色，立即又改口說：「妳若明天不行，那就後天也可以。」

夏媛高興地急忙接著說：「太好了，那我後天就來上班。」

第一天正式上班，洋經理帶著夏媛到各部門做一些簡單的介紹，詢問處櫃檯後面坐著的兩位女士，一位是那個年輕美麗的金髮小姐名叫蘇珊，另外是位淺棕髮的中年女士名叫羅蘭。還有財務部門，採購部門以及推銷部門，整個公司上下大約有二十幾人，夏媛跟著身材高大經理的身後，向各位一一點頭微笑打招呼。等到經理介紹完畢後，夏媛坐到自己辦公椅上，她回想剛才聽到的二十多個人名，卻早已忘記了一大半，心想：「這些洋人的英文名字怎麼這麼難記啊！」

她只記得瑪莉、蘇珊、約翰、湯姆幾個較為通俗的英文名字，而名字和人卻又對不上，倒是記得那位長相最帥，活像是美國電影中男主角的亨利。還有前面櫃檯年輕的金髮小姐蘇珊。這對俊男美女，後來結成了夫妻，也被傳為公司裡的一段佳話。

每個月底的中午，公司准許全體員工可以自由外出午餐兩個小時。這算是公司員工的福利之一。對夏媛說來，這是她到美國第一次走進正式的高級西餐廳用餐，真有點像是劉姥姥逛大觀園，一切都很新鮮有趣，餐桌前的點餐餐牌上，全印著密密麻麻的英文，夏媛看了好一會，她還沒法弄清楚要如何來點餐。

夏媛立即想起一位中國友人傳授的一招錦囊妙計，依樣畫葫蘆。她只好跟著別人有樣學樣，絲毫不敢大意。於是就點了一個海鮮餐，她心想：「大餐廳的海鮮一定很好吃的。」

誰知等到食物由服務生放在夏媛的餐桌前時，夏媛面有難色的看著眼前的一大盆蔬菜，上面鋪上一些煮熟的海鮮，夏媛兩眼望向那位剛才跟她學樣的胖同事，她的玻璃盆裡裝著和自己完全一樣的東西，只見那位胖同事，正吃得津津有味，夏媛只好繼續學樣學到底吧！她把鋪陳在綠色素菜上面的幾顆蝦仁先吃下肚，然後接著找其他能吃的熟食，最後只能勉強吃玻璃盆中的綠色蔬菜。夏媛心中暗自嘀咕道：「這簡直就好像是牛在吃草，人怎麼能吃草呢？」

坐在夏媛身旁的一位女同事好心地對她說：「若是吃不完，妳可以打包帶走。」

夏媛急忙說：「不用打包了。」

這一頓西餐吃下來，非但沒有吃飽，夏媛猶如受刑般的痛苦難挨，完全食不知味也！

夏媛來公司上班的頭一年，很多事都是在摸索中學習。記得有一次，一位年輕的美國女同事愛麗絲站在辦公室的門口，她對夏媛勾著食指說：「妳來這兒！」

夏媛心想：「我又不是一隻小貓或小狗。」

她心中著實有些不悅，乾脆來個相應不理。

某日，愛麗絲又再一次勾動她的食指來招喚夏媛，「是可忍，孰不可忍也！」

夏媛就氣沖沖的走到愛麗絲面前，義正辭嚴地告誡她說：「以後請尊重我，不可以用食指來招喚我，我可不是一隻小貓或小狗。」

頓時，只見愛麗絲的一雙美麗的藍眼珠睜得如銅鈴般大，然後她才恍然大悟地對夏媛說：「對不起！」

接著愛麗絲又再向夏媛解釋說：「我們美國人都習慣用食指來招喚人。我不知道這會冒犯了妳，以後我一定記得不再這樣做的。」

有一次，當愛麗絲正要伸出食指來叫夏媛，愛麗絲即刻很誇張地用牙齒咬住她的食指，她那副滑稽，故作痛苦的表情也惹得夏媛忍不住的笑了起來。

辦公室還有一位財務部門的出納小姐名叫翠西（Trish），夏媛因發音有誤，把出納小姐的名字念成Trash（垃圾）

翠西立即對夏媛說：「妳把我的名字念錯了！」

夏媛趕快向翠西說：「真是對不起，我把妳的名字念錯了。」

這位出納小姐翠西竟完全沒有一絲責怪夏媛的意思，反而輕鬆地笑著對夏媛說：「幸好我已經結婚了，否則真的沒有人敢娶我了。」

夏媛實在很佩服這位出納小姐的雅量與幽默。

西方人的這個優點，的確是值得我們東方人加強和學習的。

每到星期一和星期五，辦公室裡完全是截然不同的氣氛，每當星期五的那一天，辦公室每個人的心情都顯得特別的愉快，笑聲連連，好不容易期盼到星期五，周末即將到來，可以在家好好休息納福或是出外遊玩。而洋人所謂的Blue Monday（藍色星期一），是因在週末玩累了，星期一來上班，整個辦公室裡一定是非常的安靜，若有事找老板商量或是向別人找碴，最好等到星期二為妙。

辦公室財務部門的一位年長資深的會計師，她名叫瑪莉，平日她最喜歡和大夥開玩笑。由於那天正好是星期一，早上辦公室裡鴉雀無聲，大家都埋首於工作，直到近中午時，夏媛正好有公事找瑪莉，剛走到她的辦公桌前，看到瑪莉一頭的新髮型，夏媛立即恭維說：「瑪莉！妳新剪的髮型真是好看啊！」

夏媛才剛說完這句話，瑪莉就迫不及待高興地說：「謝謝妳！妳讓我今天好開心啊！」

然後只聽瑪莉故意大聲嚷嚷著：「我真不敢相信，我辛苦等了一個早上，一直希望有人會讚賞我的頭髮，我很高興終於有人注意到我的新髮型。」

旁邊的幾位女同事都放下手邊的工作，趕緊湊過來，七嘴八舌的向瑪莉說：「妳今天的頭髮好漂亮啊！」明知是一些虛情假意的恭維話，還是讓瑪莉聽得樂呵呵的。

夏媛覺得美國人實在是太天真了。他們自幼就喜歡並習慣於經常去讚美別人。當然相對的，也會很需要被別人讚美。相形之下，我們中國人就比較吝於讚美別人，也不習慣被他人讚美，甚至還會感到有些害羞，怕被人讚美，自然更不習慣去說那些讚美別人的話。

記得夏媛念小學時，在班上考了第三名，高高興興地捧了成績單回家給父母看，以為父母看過成績單後，她一定會被大大的誇獎一番。然而，父母看過成績單後，只是點了點頭，表示還不錯的意思，只叮嚀夏媛一句說：「妳下一次要更加努力用功，考第一名才好。」

到了美之後，夏媛才漸漸發現，中西文化是如此的大不相同。美國人十分注重人際關係和語言的表達，他們喜歡說關懷與讚美的話語，因為一個懂得和言善語的人，自然也容易成為一位受大家歡迎的人。能夠彼此相互多去讚揚對方，也為他人的善行或辛勞努力的成就而讚美、鼓掌，讓整個社會的氣氛溫馨和諧，這才能譽之為一個文明的社會。

由於這家公司的大老闆是一位虔誠的基督徒，所以公司上下的同仁也都十分友善，夏媛幸運地在此公司工作了兩年。不僅學習到寶貴的工作經驗，而且更學習到西方的生活禮儀，以及不同的人際溝通方式，同時還交到幾位誠懇善良的好朋友。後來因為夏媛考上了最有保障的政府機構的公職，她才依依不捨地離開了這家公司。那是她移民來美的第一份工作。也是一個讓夏媛一生都難忘的寶貴人生經驗。

當夏媛換到第二個工作之後，她才發現這裡的工作環境和人事截然不同。夏媛心想，剛到一個新的工作環境，待人處事一切當然都要從新學習，夏媛任職於顧客服務中心，每天要應對來自四面八方、形形色色的顧客——有談吐優雅、衣著整齊的紳士淑女，也有衣衫不整的粗鄙之徒，有和氣可親的，也有中無人的。更沒想到，像美國如此先進的國家，竟然還會有一些文盲。

有時遇到沒有教養的顧客，竟然還口出惡言，夏媛還得費心去應付，有時只好抱著秀才遇到兵，有理也說不清的包容淡然態度。若是遇有蠻橫不講理的顧客，則交由安全人員處理。甚至嚴重的可報警處理。畢竟，美國是一個法治的國家，大部份的人民還是有法治的觀念。但總是有例外，偶爾也必須應付一些難纏的顧客。

目前的工作，比起夏媛的前一份工作，相形之下，工作環境更為複雜，業務內容較為繁瑣，連同事之間也冷漠疏離，少有真正的交流與關懷。幾次，夏媛動了辭職的念頭，卻又捨不得放棄這份穩定的「鐵飯碗」。可是，這些藍眼金髮的洋人，他們多少帶著一些自我感覺良好的白人優越感，使她常常會有格格不入的感覺。

就連辦公室管收件組的那位中年白人傻大個，他經常對別人說：「我從小聰明過人，十歲時因生病發高燒，腦細胞受損，否則我一定是個天才人物。」大家聽了都笑而不語。

每當夏媛在辦公室與同事發生爭執，工作不順心，情緒低落時，她就會深深覺得自己有一種寄人籬下，沮喪無奈的挫折感和鬱卒悲傷的無力感。

在一個風雨交加的傍晚，夏媛看到自家園中的一株小草，被強風暴雨吹打趴伏倒下了。第二天，雨過天晴後，它竟又能生機蓬勃，昂然抬頭，這株小草給夏媛極大的震撼與啟示。正如白居易那首詩句：「離離原上草，一歲一枯榮。野火燒不盡，春風吹又生。」這是對小草極大的讚美。

從此，夏媛經常會鞭策鼓舞自己，要以小草為師——那看似渺小卑微，卻有著頑強的生命力。無論風吹雨打，踐踏摧殘，它總能夠在夾縫中求生，在逆境裡昂然挺立。她告誡自己，無論面對何種困難與挫折，都不能輕易被擊倒，必須學會像小草般默默承受風霜雪雨，耐心等待機會來臨時，再次昂首向陽。

那時由於夏媛對西方文化的了解不夠深刻，雖然夏媛在公司要接受定期的職場上的工作訓練，到底是因根深蒂固不同的文化，想要改變一個人的思想和行為，畢竟不是一蹴可幾的。

在美國工作多年後，聰明機靈的夏媛，她終於對工作能夠駕輕就熟，既使和顧客之間有些不同的意見，夏媛也能夠化干戈為玉帛，有時她也可以像朋友般的和顧客輕鬆說笑。有位顧客，她在市中心開禮品店的老太太，她對夏媛說：「妳來城裡，若找不到停車位，可以停在我店後面的停車位。

有一個週末，夏媛在市中心真的找不到停車位置，她就把車停放在那位老太太的停車位，在車內的擋風玻璃前留了一個字條，上面有自己的名字。幾個小時的停放後，夏媛的車子並未被拖走，看來那位老太太所言屬實。

住在台灣的時候，夏媛只喜歡喝茶，她是不喝咖啡的，但是移居到這個被譽為「世界咖啡之都」的西雅圖之後，在大街小巷各處都可見各樣的咖啡招牌林立，連走在街道上也可聞到咖啡的濃郁香氣，尤其是在寒風苦雨的冬天，手持一杯熱騰騰的咖啡，正可暖暖雙手，喝下一杯熱咖啡，既順口且又順心，咖啡的誘惑是難以抵擋的，難怪夏媛現在已喝咖啡成癮了。

有一年的十月間，夏媛返台，順道去探望一位高中時教國文的老師，謝老師也曾是她的導師，謝老師帶幾分嚴肅的口吻對夏媛說：「妳變了許多，妳已經不是中國人了。」

夏媛聽到此話時，她卻完全不以為然地辯解道：「那只是我的衣著打扮比較西化而已。」

謝老師又語重心長地對她說：「夏媛！以後不管妳怎麼變，無論妳身在何處，一定都要牢牢記住，我們中國文化是博大精深的，千萬不可數典忘祖啊！」如今事隔幾十年，想起謝老師當年所說的那番話，夏媛不得不佩服老師敏銳沉穩的心思和循循善誘的教誨。

夏媛在美國生活久了，她的生活不自覺在潛移默化中漸漸已被改變，變得比較西化了，夏媛覺得這也沒有什麼不好，大家都說人要能入境隨俗，多學習西方人的長處，這才能夠與西方人競爭而立於不敗之地。

夏媛由年輕懵懂到工作退休，生命中最寶貴的歲月都是在異鄉度過，無可否認的，她依舊熱愛自己從小生長的故鄉，同時她也十分喜愛這個居住了近五十年的他國異鄉。

# 9. 溫蒂咖啡屋

這是一家隱匿於安靜巷弄的咖啡店，店內空間不大，卻佈置得頗具特色。一走進店裡，空氣中瀰漫著濃郁的咖啡香。店內的裝潢精緻而有品味。牆面上掛著幾幅柔美的畫作，色調與店內整體風格相得益彰。

柔和的燈光搭配輕柔的音樂，營造出一種愉悅、溫馨的氣氛。讓人忍不住想在此駐足片刻，細細去品味享受這份美好。

咖啡店的生意並不算太繁忙，大多數的客人是中年以上的熟客。他們偏愛這裡舒適優雅的環境。偶爾，也有些年輕人慕名前來，想體驗這裡獨特的魅力和優雅的風格。咖啡的香氣縈繞鼻間，柔美的音樂旋律不絕於耳，心也漸漸沉靜，彷彿這一切，都能讓時間變得柔和而從容。

咖啡店的老闆娘溫蒂，雖已年過半百，但風韻猶存，舉手投足間流露著一股優雅成熟的魅力。她總是穿著剪裁合身的白色上衣與長裙，衣著樸實，卻不失品味，舉止之間，帶著一種歲月淬煉出的從容與優雅，她待人親切溫和，聲音輕柔而有磁性，笑容中隱藏著一種善解人意的溫暖與寬厚，對每一位顧客都如老朋友般熱情招呼，彷彿她不只是在經營咖啡店，她更是此店的守護者，也是人與人之間溫暖連結的靈魂人物。

她爽朗的笑聲和溫暖的問候，讓店內的客人備感溫馨愉悅。常有顧客打趣說：「溫蒂不在店裡，連咖啡的味道都淡了。」而她總是微笑回應：「咖啡要好喝，先要有個好心情。」

她的記性極好，不僅記得常客的名字，還會記得，他們的故事，誰家的孩子考上了理想的學校，誰最近升職加薪了，或者誰的心情低落，需要一點特別的慰問與關心。這家咖啡店不光是經營著生意，更是一座連接人情與故事的溫暖角落。

由於溫蒂的丈夫長年在大陸經商，因此，回台灣的時間不多。

數年前，當溫蒂決定由美回台定居時，為了不讓她感到孤單寂寞，丈夫十分有心，特意為她圓少女時代的夢想——開一家咖啡店。由選擇店面到設計裝潢完成，全都由他親手籌備規劃，甚至不惜重金聘請設計師，精心打造出一個屬於溫蒂的新天地。從裝潢到擺設，每一個細節都透露著他的體貼與用心。

店門口掛著一塊精緻木質的招牌，上面寫著「溫蒂咖啡屋」五個蒼勁有力的大字，是溫蒂先生親自題寫的，年輕時他熱愛書法，曾獲書法比賽的冠軍。既使如今，他仍保持著練字的習慣。這些字跡，筆畫間蘊含著他的深情厚愛。他並不在意咖啡店是否賺錢，只希望妻子溫蒂能擁有一份屬於自己的事業，藉此重拾她生活的重心與心靈的寄託。

童佳佳是這家咖啡店的兼職員工。白天，她在一家大公司擔任全職秘書。每星期一、三、五的晚上，她來這裡兼職賺取外快。

她的個子高挑，身形勻稱，有張清秀的鵝蛋臉，一雙明亮聰慧的大眼睛，像是會說話似的。微笑時流露出溫暖而有自信的本質。加上她的談吐得體，口齒伶俐，說話的聲音清脆悅耳。她總是面帶微笑，待人親切有禮，讓人如沐春風，頗受顧客的喜愛。她為店裡增添不少生氣，甚至有些客人因慕她的名而來。

她來咖啡店上班時，一位名叫湯馬士的外國客人必定前來光顧。湯馬士是一位中年美國人，儀表堂堂，幽默風趣，對中國文化有著濃厚的興趣。他很喜歡這家咖啡店，常來享受這裡特有的氣氛和溫暖。當店內顧客不多時，他和老闆娘溫蒂會用英語交談，她正好藉此機會練習英語，才不至將它完全忘記。

溫蒂曾經在美國陪伴一對兒女求學。那時，她不僅照顧孩子的學業和生活，自己也把握機會，進入當地的社區大學，修讀課程，藉此提升英語能力。

她在美國生活了二十多年。每年，溫蒂的丈夫也會來美數次與家人團聚。一直等到兩個孩子都順利大學畢業，並選擇留在美國工作。溫蒂才決定回台灣定居，開始一個屬於她自己，完全不同的新生活。

在溫蒂經營的咖啡店裡，有一位戴著深度近視眼鏡，鏡片後的雙眼總是半微閉著，像是在靜靜思索，又像在仔細觀察這世間及身邊來往的過客，時而靜默，時而若有所悟。她的五官端正，氣質恬靜，歲月在她的臉上留下了淡淡的細紋，一頭微捲的短髮，總是打理得乾淨俐落。她穿著素雅，衣服式樣簡單，色調多為灰、藍、米白等淡彩色系，沒有一絲浮華，給人一種樸實而親切的感覺。她名叫伊玫，是個頗具書卷氣息的中年婦女，舉止間不疾不徐，言談中總帶有幾分的理性。她住在咖啡店附近，經常一個人來這裡坐坐。每週至少會來光顧兩次，分別在星期三的晚上和星期天的午後。這段時間是她最珍視的獨處時光，用來放鬆心情與沉澱思緒。

隨著時間的流逝，伊玫與溫蒂漸漸熟絡起來，由初見時的點頭之交，到如今已成為促膝談心的朋友。令人驚訝的是她們竟然是同月同日生，兩人僅差幾歲，溫蒂稍年長一些，兩人都是十月份出生的天秤座，性格皆開朗爽直，彼此相處也格外投緣，兩人之間總有各種聊不完的大小話題。

伊玫的丈夫年長她十多歲，是一位熱衷於古蹟文物研究的學者。他整日埋首於書本中，時而會在書桌前沉思良久，甚至廢寢忘食。對他而言，與其參加熱鬧的社交活動，不如靜靜地待在書房，享受「書中自有黃金屋」的那份精神樂趣。

他對妻子十分疼愛，如父親般的呵護備至。年輕時，伊玫對這種過度保護的壓力，始終選擇順從對方，一直沒有反抗的勇氣。但隨著年歲增長，她逐漸開始了解丈夫對她的保護並非純粹出於愛，而是混雜了一些擔憂與控制的慾望。伊玫覺得這樣的愛，簡直如同無形的枷鎖，緊緊束縛著她的思想與自由，給她極大的壓力，令她幾乎喘不過氣來，內心一次次地在掙扎，只想要逃離和反抗。

一日，伊玫的丈夫面有不悅地對妻子說：「我覺得妳現在變了很多。」

伊玫並不苟同，拉長著一張臉說：「我並不認為我有什麼改變。你的意思是說我變老了？」

丈夫立即辯解道：「我當然不是這個意思。」他看了看妻子的那張長臉，察覺氣氛不對，他很有分寸地收住了話題，不再多言。

伊玫也默不作聲，心想：「和丈夫說話就像雞同鴨講，完全無法溝通。兩人的世界，早已沒有交集，連語言也都失去了共鳴。」

伊玫覺得自己並沒有改變，若是真有改變，那也是歲月磨練下的成長，自己比以前更加成熟而已，開始懂得如何去面對和紓解那份壓力；或者說，她終於學會了反抗，不再委曲求全，能夠面對現實，勇敢地爭取生活的自主權與內在的自我價值。

丈夫卻始終活在自己的老舊觀念裡，認為如今的世道不佳，處處皆有風險，總擔心妻子外出會遇到危險。這種擔憂讓他的保護變得更加偏激，像築起一道高牆，把妻子困在他認為最安全的空間裡。他不允許妻子單獨前往離家太遠的陌生環境，那怕是短暫的自由，也被視為具有危險性。

因此，伊玫只能到家附近的溫蒂咖啡屋，藉由這個小小的天地紓解壓力。那裡的優雅裝潢、柔和的燈光和熟悉的音樂和老歌，成為她心靈的避風港灣。濃郁的咖啡香，瀰漫在空氣中，讓她沉浸在那份恬靜舒適的氛圍裡，暫時擺脫在家裡的那種壓抑、苦悶和緊繃的心情。讓心靈尋得片刻的平靜和喘息。

一日，伊玫有幾分無奈地對溫蒂抱怨道：「我長得既不漂亮，又不富有，身上既沒有令人垂涎的外表，也沒有值得讓人圖謀的財產。男人騙女人，無非是騙財騙色。而我，這兩樣都沒有，真不明白，我那老古董的先生究竟在為我擔心什麼？難道他以為我出門在外，會成為詐騙集團的目標嗎？」

溫蒂卻不以為然地搖著頭回應道：「話可不能這麼說，你別小看現在的騙子，他們詐騙的手段層出不窮，無奇不有。他們根本不在乎你美不美、有沒有錢？現在的詐騙手法多的像變戲法，加上演技一流，真假難辨，簡直可以說是防不勝防。他們看的不是你的條件，而是你的弱點和信任，只要能抓住一個破口，他們就會趁虛而入，把你騙的團團轉。所以不論什麼年紀，什麼身分，都得時時保持警惕，處處小心謹慎，才不會讓人有機可乘！」

伊玫點頭同意地說：「是啊！所以我平日只有來你的咖啡屋走動，至少在你的眼皮底下，我會覺得無比的安全。」她的眼神裡也流露出對溫蒂的支持與信任。

溫蒂自信滿滿地揚聲說：「我這裡的客人大多是附近的居民，中年婦女或退休的長者，沒有什麼不良份子。這些年來，我經營這家咖啡屋非常謹慎，絕對不允許顧客在我這裡受到傷害或被騙。」

聽著溫蒂的話，伊玫稍稍安心些，隨即她又猶豫了一會，有些擔心地輕聲問道：「那位常來喝咖啡的湯馬士先生，人可靠嗎？」

溫蒂立即微笑著說：「湯馬士對中國文化有無比的熱情，尤其喜愛研讀論語，對我們的至聖先師孔子，更是佩服得五體投地。」

伊玫頗訝異地問道：「湯馬士看得懂中文嗎？」

「他只會說一些簡單的國語，他讀的是英文版的論語。」

「真沒想到，湯馬士竟會如此仰慕我們的中華文化。」

「湯馬士一直很希望娶一位中國女子為妻。他在美國原是一名中學教師，曾經與一位中國女子交往過，然而對方嫌他僅是一名薪水階級的教書匠，財力不夠雄厚，最終決定與他分手。如今湯馬士正在熱烈追求我店裡的員工童佳佳。」

伊玫十分好奇地問道：「童佳佳怎麼說？她可願意？」

「我曾私下問過佳佳，是否願意接受湯馬士的追求？佳佳認為湯馬士的人品不錯，說話彬彬有禮，頗有教養。不過要她帶著兩個孩子跟著他去美國生活，她認為太冒險了。」

伊玫皺了皺眉頭說：「佳佳若放棄了這個機會，不是太可惜了嗎？」

「佳佳是擔心害怕，以後萬一湯馬士反悔要離婚，佳佳在美國舉目無親，又身無分文，那時才會叫天天不應，叫地地不靈，所以她不敢輕易去冒這個險。」

接著溫蒂滿臉熱心地又說：「其實這一點，佳佳完全不用擔心，美國法律是保護婦女的。到時候若真離了婚，妻子有贍養費可拿，生活上有困難時，還有政府的救濟金可領。何況佳佳能當秘書，英語方面是沒問題的。所以她完全可以放心大膽，勇敢地帶著兩個孩子，一起去追求他們的新生活。」

這時伊玫揮舞著她的右手臂，張大了眼睛，表現出一副勇敢衝鋒陷陣的模樣說：「我若是佳佳，一定會大膽地去冒這個險，勇敢去追求一個更美好的未來。」

溫蒂斜眼瞧了瞧伊玫，呵呵笑著說：「妳什麼時候吃了熊心豹子膽？」

伊玫聳了聳肩，有些尷尬地微笑說：「妳別小看我，總有一天，我會讓妳跌破眼鏡。」

溫蒂對伊玫詭異地笑了笑。

接著溫蒂又繼續說：「其實我曾問過湯馬士關於佳佳的兩個孩子，他說會把他們當成是自己親生的孩子來撫養，絕對不會虧待他們。」

溫蒂是童佳佳多年的老闆，她自然很清楚佳佳的為人和家庭狀況，她心地善良，人不但漂亮、能幹，又肯吃苦，誰娶到佳佳是福氣。可惜她帶著兩個年幼的孩子，盡管過去追求她的男士也不少，一旦談及婚嫁時，她的兩個孩子就成為她再婚最大的障礙。由於佳佳不放心孩子交由前夫撫養，恐怕會遭後母的虐待，所以她寧願自己辛苦，也不肯輕易放棄兩個孩子的撫養權。

溫蒂在佳佳的身上，看到當年的自己也是無怨無悔，為兒女辛勞地付出。她十分瞭解和同情佳佳的立場。因此，平日待她如家人一般，希望她能夠再找到一個好的歸宿。

溫蒂曾苦口婆心地勸佳佳：「妳不要考慮太多了，否則寸步難行。要趁著現在人還年輕，要好好抓住眼前的機會。有時機會稍縱即逝，它是不等人的。」

佳佳嘆了一口氣說：「這個道理我也懂。但是我和湯馬士之間，畢竟沒有深厚的感情基礎，再加上中西文化的差異，我個人吃苦受累沒有關係，不能讓孩子再度受到傷害。所以我必須要仔細慎重地考慮。」

溫蒂瞭解佳佳的顧慮，但還是忍不住，說出心裡的話：「妳要把握好這次機會，何況這樣的機會也不多。時間對女人來說，是不利的，不要等人老珠黃，那時後悔就太遲了。」

佳佳點頭微笑說：「謝謝老闆對我的關懷！我一定會牢記妳的話。」

這些年來，佳佳很感謝溫蒂對她的關心和照顧。所以她也一直非常努力、勤奮地認真為溫蒂工作。

溫蒂店裡還有一位常客，名叫柳虹，是個身材微胖、面貌普通的中年婦人，穿著時髦，全身上下皆是名牌。她從頭到腳都透著一股濃濃的奢華氣息。

她出門總是精心打扮自己，一頭染成淺褐色的時髦短髮，搭配著一副誇張且醒目的大耳環，還有閃閃發亮、足以刺眼的鑽石戒指和項鍊，手上提著最新的名牌皮包。她的衣服色彩鮮豔亮麗、款式時髦。

每當她出現在店裡時，總是昂首闊步，動作帶著幾分高調和自信，說話大聲，手勢誇張，語氣中帶著炫耀。她習慣點一杯最貴的咖啡，然後一邊喝，一邊打開手機，瀏覽網上新款的名牌包，或哪家店最近又進了限量版的商品。

店員對她早已習以為常。顧客對她則是好奇，但無論如何，她總能讓店裡的氣氛變得熱鬧起來，也成為咖啡店內一道獨特的風景。

溫蒂待人溫和有禮，即使柳虹每次來都習慣性地高聲嚷嚷，話題總離不開精品、保養品與她的身份財富。溫蒂總是微笑傾聽，從未露出一絲不耐。柳虹心裡也明白，自己那誇張的笑聲與閃亮耀眼的打扮，在溫蒂面前，顯得吵雜、粗俗而無用。每當她坐在店裡，看著溫蒂一襲素色衣裙、淡妝素顏，看來卻有一種說不出的淡定與優雅，她心底便會升起一股說不清的嫉妒與失落。

奢華她有，話題她有，熱鬧她也有，但唯獨沒有溫蒂所擁有的，那份不需要任何打扮裝飾的從容高雅的氣質。

有一次，她忍不住問溫蒂：「妳每天都笑得這麼輕鬆，難道沒有任何煩惱嗎？」

溫蒂淡淡地回應道：「誰能沒有煩惱？但是心靜了，煩惱也就隨之而去。」

柳虹聽了沒回話，只是沉默地低下頭，拎著那個剛買不久、價值不菲的限量名牌包，突然，她覺得手提包變得異常沉重。

某一日，柳虹手挽著一位身才高大英俊、氣宇軒昂的中年男子，滿面春風、得意洋洋地對站在櫃檯前的老闆娘介紹：「這是我的新婚丈夫，妳可以叫他查理。他去年由美國回台，現在投資房地產生意。業務發展得相當不錯呢！」

她故意停頓了一下，嫣然一笑說：「最近我們一起在新店的山腰，購置了一棟全新的別墅，風景優美，空氣清新，歡迎妳有空來玩喔！」說完，她由名牌皮包中取出一盒精緻包裝的心型巧克力糖，將它放在櫃台上。

接著她又嗲聲嗲氣地對溫蒂說：「這盒巧克力糖是我請大家吃的喜糖。待會，我們要參加一個大型的慈善籌款餐會。所以今天就不留下來喝咖啡了。改天，我們再來光顧。」說罷，她緊挽著身旁新婚丈夫的手臂，兩人有說有笑的，搖搖擺擺地向店外走去。

自柳虹踏入咖啡屋到離開，伊玫始終坐在角落，雙手輕輕交疊在膝上，目光透過厚厚的鏡片，靜靜地冷眼瞧著那對新人，心中滿是驚訝和困惑。

伊玫從未見過柳虹面露著得意、嬌媚，甚至帶有幾分少女般的羞澀，而她身旁那男人，舉止親密，卻顯得過於殷勤與迎合。

她端起咖啡啜飲一口，發現咖啡已經涼了，皺了皺眉頭，心想：「他們這對組合太奇怪了！奇怪得令人感到非常的不可思議。」

她忍不住立即起身，前去問溫蒂：「柳虹又結婚了！她的長相和身材都十分平庸，居然能夠二嫁、三嫁，還找到一位如此體面的丈夫。然而，佳佳比她年輕貌美多了，為什麼卻遲遲無法找到一位如意郎君呢？」

溫蒂輕輕地一笑，眉梢微揚說：「這有什麼好奇怪？妳難到不知道柳虹名下擁有好幾棟台北高級住宅區的房子？佳佳雖然比她年輕漂亮，但佳佳現在還是租房子住，而且還帶著兩個年幼的孩子。這年頭，有那個傻瓜男人會心甘情願去養別人家的孩子？」

溫蒂的話像盆冰冷的水，讓伊玫的心為之一涼，腦子突然也清醒了許多。

伊玫用手輕輕推扶了臉上的眼鏡，口中喃喃自語道：「原來，表面的光鮮亮麗和幸福快樂的背後，往往隱藏著不為人知的陰暗和算計。」

她心頭一沉，忽然覺得，這個世界遠比她想像中更為複雜、現實和無情。

伊玫認為佳佳人美心也美，待人親切，工作認真。她為佳佳打抱不平，她感嘆道：「一般來說，現今男人的眼睛都是雪亮的，往往是錢在哪裡，情也跟著哪去。外表漂亮的女人，卻無法帶來實質利益的『花瓶』，似乎已經不吃香了。」

溫蒂點了點頭笑說：「現在的男人更加務實，他們不在乎女人會不會『生產』，而是看重女人能不能『生財』，至於美醜胖瘦，反倒成了次要條件。」

溫蒂停頓了一下，又補充道：「事實上，一些沒骨氣的男人再婚時，他們會精打細算，權衡利弊。在選擇對象時，深知娶一個有錢的老婆，可以少奮鬥二十年。所以在選擇對象時，首重物質條件，而那些外表美豔亮麗的女人，已經不能打動他們的心。穩定優渥的生活條件與長期的保障，這些才是首要的考量關鍵。」

如今，婚姻在金錢掛帥的社會，不再是單純的情感交融，而是赤裸裸的利益交換。

溫蒂嘆口氣，意味深長地說：「其實婚姻是個人的選擇，只要彼此兩情相悅，一個願打，一個願挨，旁人也無話可說。」

伊玫若有所思地說：「或許女人應該嫁給一個真正愛她的男人，願意相濡以沫，同甘共苦，白頭偕老，這才是真正的幸福。」

溫蒂語重心長地笑著說：「嫁給一個愛妳的男人，比嫁給一個妳愛的男人，要幸福多了。平日有人關心和約束妳，那是出於愛。雖說會有些壓力或厭煩，但總比受人冷落或不被關懷的好吧！所以千萬不要人在福中不知福！」

「婚姻如人飲水，冷暖自知。」伊玫有幾分感慨地說：「我倒是很羨慕和佩服妳！老公長年留居大陸工作，妳自己卻可以獨當一面，將溫蒂咖啡屋經營得有聲有色。成為一些人聚集的溫暖角落與精神寄託。平日，我幾乎沒有聽到妳的任何抱怨和不滿。」

溫蒂微笑著說：「凡事只能多往好處想，千萬別鑽牛角尖。人生除了生死是大事之外，其他的事，全都是芝麻小事。」

伊玫深深地嘆了口氣說：「家家有本難念的經啊！我嫁了個老學究，物質上固然是衣食無憂，但精神上卻很枯燥匱乏。我們之間完全沒有共同的話題。或許當年應該選擇一個和我年齡相仿，或是更年輕的丈夫。」

溫蒂對伊玫眨了眨眼，揶揄道：「現在後悔了嗎？是否想要找個年輕的小丈夫呢？」

伊玫竟毫不避諱，爽朗地笑著回應道：「是啊！我確實有這麼想過，可是又沒有這個膽，只好退而求其次，做做白日夢吧！」

溫蒂睜大了雙眼，一副有意捉弄的語氣說：「這不是做白日夢，這叫做精神出軌！」

伊玫一臉的無奈，似笑非笑地說：「我整日被困在家裡，已經被那無形的壓力壓得喘不過氣來，若連思想都被控制，我還怎麼活下去呢？偶爾精神出軌，藉以鬆弛、平衡一下緊張壓抑的心情，難道這有錯嗎？」

溫蒂輕拍了伊玫的肩膀笑著說：「我是逗著妳玩的，我當然看得出來妳的壓力。每星期，妳至少來我這裡報到兩、三次，就是為放鬆和減壓的，不是嗎？」

伊玫頻頻點頭說：「幸虧我還有一個可以走動的地方，加上有妳的關懷和開導，謝謝妳！妳真的是我生活和精神上的導師。」

溫蒂微笑著說：「不用言謝！我們都同是女人，誰沒有一些生活與精神上的困擾和難處呢？我們能夠有緣相識，彼此待之以誠，互相鼓勵和關懷。這樣的日子，自然會變得容易多了。所以婚姻也是如此，夫妻在年紀上的差異，並非主要的問題，雙方要能夠相互尊重，溝通理解和體諒包容，日子還是可以過得自在愉快。」

溫蒂接著又說：「現在所謂的『姐弟戀』，也早已不是什麼新鮮事了。女大男小的婚姻模式，大家都已司空見慣，年齡相差十歲、十五歲，甚至二十歲的『年下戀』也屢見不鮮。法國總統馬克龍與大他二十四歲的妻子布莉姬，他們的婚姻就是最好的實例。」

伊玫也興致勃勃地說：「我在一篇新聞報導上，看到一位年近八十的女強人，嫁給一個小她十多歲，相貌外形都不錯的男人，她還公開允諾丈夫，若是與她結婚的時間愈久，日後可獲得愈多的金錢回報。」

溫蒂點了點頭說：「在美國的八卦雜誌上曾刊登，美國好萊塢的知名電影明星，麥克，道格拉斯和他太太凱瑟琳，他們之間立有一份婚前協議，婚姻每持續一年，太太凱瑟琳可以獲得更多的離婚補償金。這種事情在好萊塢並不罕見。」

溫蒂嘆了一口氣，接著又說：「時代不同了，人們對婚姻的看法也不斷地在演變。雖說愛情是婚姻的基石，但在這現實的社會中，經濟實力、社會地位以及雙方的意願、契合度，逐漸已成為維繫婚姻的重要因素。」

溫蒂想到自己的一兒一女，自幼來美讀書，學成畢業後，兩人都決定留在美國工作打拚，而且他們都沒有結婚的意願。

心中不禁有些傷感地對伊玫說：「現在的年輕人，寧可不婚，選擇獨身。即便結了婚，他們情願在職場上投入更多的時間和精力，講求享受個人獨立自主和優質的生活，卻不願放太多的時間、金錢來生養、教育兒女。他們寧願在家飼養貓、狗，這比養孩子省錢、省時、省力，簡單容易太多了。」

伊玫自己沒有生養過孩子，所以她也不知要如何回應才好。但她看得出溫蒂的心情，似乎有一股無法言喻的落寞和感傷。

溫蒂想到當初為了兩個孩子，留在美國二十多年，無怨無悔地辛勞付出。如今一家四口，卻分三地居住，看似完整的一個家，事實卻並非如此。

每當夜深人靜時，她捫心自問：「這樣的選擇，究竟是對？是錯？成就了丈夫的事業和孩子的前程，卻犧牲了自己。」

偶爾，溫蒂心中也會略有疑惑與感傷，然而這些無奈只能深藏於心底，因為她明白，人生是一條單行道，走過的路已無法再重來。沒有人會真正理解、關懷或在乎她所承受的一切。也唯有她自己才能深刻體會，這一路走來的酸甜苦辣。

溫蒂與丈夫曾是青梅竹馬的玩伴，長大後又彼此欣賞、愛慕，最終有情人終成眷屬。結婚初期，他們的婚姻美滿而幸福，曾是眾人所稱羨的一對佳偶，彼此攜手共度過許多年美好甜蜜的時光。溫蒂一度以為這樣的日子可以天長地久。然而，複雜多變的現實悄然改變了這一切。丈夫為了蒸蒸日上的事業，留居大陸。數十年來，聚少離多的日子，已成為生活的常態。盡管如此，他們彼此都還能夠相互理解、包容和體諒。

溫蒂對感情的認知始終如一——「曾經滄海難為水」。然而，過去所做的選擇已無法改變。她必須學會放下，要懂得先愛自己，不能再受兒女情長的牽絆和束縛。她選擇用一顆寬容與感恩的心，努力活出自己。也唯有如此，她的心靈才能夠獲得真正的自由與解脫。

溫蒂深知愛的形式不止一種。雖然丈夫無法經常陪伴在她身邊，但她堅信，「兩情若是久長時，又豈在朝朝暮暮。」這間咖啡屋，就像是丈夫留給她的一份無聲的承諾與愛的印記。她瞭解並體諒丈夫有他肩負的責任和一片天地，而她選擇留在這裡，堅守著這間咖啡屋，守著曾經屬於他們的珍貴回憶，更守著心中的那份真情摯愛。

她寧願成為咖啡屋裡的女人，用她的愛心與耐心、溫柔與智慧，為自己創造出一方新的天地。她希望每一位走進咖啡屋的顧客，都能感受到一份溫馨美好與安慰。在經營這間咖啡屋的歷練與過程中，溫蒂也找到了自己感情的出口與生活的重心。

每當金色的陽光灑在那塊精緻的木質招牌上，那是丈夫親手題寫的「溫蒂咖啡屋」五個字，在陽光下閃爍，她凝視著那熟悉的字跡，彷彿聽到丈夫輕聲地告訴她：「無論我身在何處，心中永遠為妳留著一方天地。」丈夫對她的那份愛，也迴盪駐留在這間溫馨的咖啡屋裡，伴隨著咖啡的香氣，陪伴著她迎向每一個嶄新的一天。

# 後記

在一個靜謐的深夜，我凝視著電腦的螢幕，反覆問自己：到底為什麼要寫作？這個問題，偶爾，也會在我心靈深處悄然浮現。寫作，這看似簡單的兩個字，實際上卻是一段漫長、孤獨，必須長期與文字為伍的旅程。在寂靜的夜裡，獨自面對內心的思緒和情感。

當夜深人靜的時刻，我一遍遍地推敲一個句子，反覆修改用詞，刪去冗詞贅語，再重新構思一個更精準的字句。這種無數次重複的過程，也會令人感到心力交瘁，彷彿在無盡的文字迷宮中摸索，去尋找那唯一的出口。

然而，即使如此，我依然選擇繼續寫。或許，是那份想要訴說故事的渴望，那種期盼與他人分享內心世界的衝動，驅使著我不停地前行。寫作對我而言，是一種精神與心靈上的寄託。唯有在浩瀚的文字世界裡，可以找到一個身心安頓之處，才能讓心靈獲得真正的滿足。

或許，正因為生命有限，才使得文學藝術顯得如此珍貴。它似乎能夠超越時間和空間的限制，觸及人內心深處最純淨真摯的情感。

每當靈感湧現、思緒如泉湧般流洩，指尖在鍵盤上飛舞，那種興奮與喜悅，能夠洗滌心靈上的疲憊與不安。在寫作的歷程中，往往是挫折與喜悅的交織。而那份難以言喻的喜悅，如同永恆的光亮在剎那間閃現，那是創作的歡愉，也是與自己內心深處的獨白。

透過文字，我得以探索自己的情感、釐清思緒，甚至在某種程度上，找到自我救贖的途徑。沉浸於文字時，心靈彷彿得以暫時遠離塵世的喧囂，回歸一方純粹屬於自己的天地。在那裡，我得以暢所欲言，自由表達，無需掩飾，也無所拘束，找到真正的自我。

曾有位文友說，我是一個會說故事的人。的確，我喜歡說故事，不論是自己的親身經歷，或是從他人生命裡擷取的片段，只要能感動人，我都想用文字記錄下來。這些故事，或許很平凡，或許有些波折，但每一則都蘊含人性的光輝，皆值得被關注並銘記於心。

至於那些故事是否人人能懂，是否有人為我鼓掌喝采？說實話，這些都已經不是那麼的重要。因為當我開始說故事的那一刻，便已實踐了對自己的一份承諾，也完成了一種自我存在的意義與價值。

寫作，不僅是一種自我的表達，更是對生活的觀察與回應。我寫下的，不僅是事件或情節，而是一份情感的傳遞、一場對人性的探索。我期盼讀者能夠透過我的文字，感受到那些被隱藏在我們生活夾縫裡的細膩情感，以及那些被忽略的人性微光。

有時，我是在述說自己的故事，經歷過掙扎、迷茫、喜悅和感動；有時，我也在述說別人的故事，那些由他人生命中看到、並觸動我心靈的瞬間。儘管故事的內容與情節各異，但其中所蘊含的人性與真情，往往源自於我們不同的生命經驗，卻皆能產生交集與共鳴。

一路走來，我深深體悟到，寫作猶如一場漫長的修行，它考驗的不僅是才情，更是毅力、執著與信念。當我在夜深時仍守著鍵盤，一次次的努力重寫，為了一句更貼切的表達，為了一段更動人的敘述，那些努力或許無人知曉，但我心裡明白，那是我心之所向，並心甘情願地為之付出。我始終相信，文字具有一種神奇的力量，它能夠穿越時空的限制，觸及人心靈的深處，激發出最真摯的情感共鳴。

感謝所有支持與鼓勵我的親朋好友，也謝謝你們願意聆聽我的故事。若我的文字，會在某一刻，觸動你內心的一角，讓你感受到一絲的溫暖與力量，那麼我所有付出與努力，便不會是徒然。對我而言，寫作是一項使命的實踐，更是一場永無止境的自我探索之旅。

**國家圖書館出版品預行編目**

男人女人不一樣 / 趙海霞著. -- 臺北市 : 致出版, 2025.05

面； 公分

ISBN 978-626-7666-08-1(平裝)

863.57 114005531

# 男人女人不一樣

**作　　者**／趙海霞
**出版策劃**／致出版
**製作銷售**／秀威資訊科技股份有限公司
114 台北市內湖區瑞光路76巷69號2樓
電話：+886-2-2796-3638
傳真：+886-2-2796-1377
**網路訂購**／秀威書店：https://store.showwe.tw
博客來網路書店：https://www.books.com.tw
三民網路書店：https://www.m.sanmin.com.tw
讀冊生活：https://www.taaze.tw

**出版日期**／2025年5月　**定價**／300元

**致 出 版**　向出版者致敬